一眨眼,算不算

一辈子,算不算

少年永远

余光中 著

百花洲文艺出版社

杏花。春雨。江南。
六个方块字,
或许那片土就在那里面。

大家的表情,惊喜里有错愕,亲切中有陌生,
忘我的天真之中又有些尴尬。
岁月欺人,大家都老了,可堪一叹。

这星空永远看不懂，猜不透，
却永远耐看。

而今重上朝天门，白首回望，
虽然水非前水，但是江仍故江，
而望江的我，尽管饱经风霜，
但世故的深处仍未泯当年那"川娃儿"跃跃的童心。

目 录
CONTENTS

第 1 章
满亭星月在，不见故人归

002 花　鸟
把一个幻想的半岛推向户外，向山和海，向半空晚霞和一夜星斗

011 满亭星月
落日还没落，我们的心却沉落了

026 故国神游
凡中国的心灵都会共鸣

034 望乡的牧神
曾经恋过的，再恋一次

052 听听那冷雨
杏花春雨江南，那是他的少年时代了

061 走过洛阳桥
多少人走过了洛阳桥？多少船开出了泉州湾

064 山中十日，世上千年
他们都是最纯真、最可爱的青年。我爱他们，每一个人

001

/ 一眨眼，算不算少年 一辈子，算不算永远 /

第 2 章
金陵子弟江湖客

072 思 蜀
在我少年记忆的深处，我早已是蜀人

088 山东甘旅
一点点的传说总能激动一整个民族绵绵的诗情

126 日不落家
黄昏，是一日最敏感、最容易受伤的时辰

137 一笑人间万事
妙语连珠而来，笑声叠浪而起

141 假如我有九条命
多看他人，多阅他乡

146 金陵子弟江湖客
掉头一去是风吹黑发，回首再来已雪满白头

163 自豪与自幸——我的国文启蒙
每个人的童年未必都像童话，但是至少该像童年

\ 目　录 \

第 3 章
人间万事皆成文

- **174** **失帽记**
  长寿的代价，是沧桑

- **181** **片瓦渡海**
  时光的迷雾岂能一拨就开

- **199** **诗与哲学**
  世事纷纭，有时是递加，有时是交射，有时却巧结连环

- **205** **盖棺不定论**
  千秋万岁名，寂寞身后事

- **213** **论朱自清的散文**
  咀嚼之余，总有一点中年人的味道

- **240** **猛虎和蔷薇**
  踏碎了的蔷薇犹能盛开，醉倒了的猛虎有时醒来

- **245** **樵夫的烂柯**
  时间这种新鲜而又名贵的水果，却无冰箱可藏

第 1 章

满亭星月在，不见故人归

只是杏花春雨已不再，
牧童遥指已不再，
剑门细雨渭城轻尘也都已不再。
然则他日思夜梦的那片土地，
究竟在哪里呢？

花　鸟

客厅的落地长窗外，是一方不能算小的阳台，黑漆的栏杆之间，隐约可见谷底的小村，人烟暧暧。当初发明阳台的人，一定是一位乐观外向的天才，才会突破家居的局限，把一个幻想的半岛推向户外，向山和海，向半空晚霞和一夜星斗。

阳台而无花，犹之墙壁而无画，多么空虚。所以一盆盆的花，便从下面那世界搬了上来。也不知什么时候起，栏杆三面竟已偎满了花盆，但这种美丽的移民一点也没有计划，欧阳修所谓的"浅深红白宜相间，先后仍须次第栽[①]"，是完全谈不上的。这么十几盆盆栽，有的是初来此地，不畏辛劳，挤三等火车抱回来

[①] 浅深红白宜相间，先后仍须次第栽：语出欧阳修诗作《谢判官幽谷种花》。这两句的意思是：幽谷种花，使之深浅红白相间，且要与四季时令相适宜。（本书所有注解为编者附加，以便于读者阅读。）

的，有的是同事离开中大的遗爱，也有的，是买了车后供在后座带回来的。无论是什么来历，我们都一般看待。花神的孩子，名号不同，容颜各异，但迎风招展的神态都是动人的。

朝西一隅，是茎藤四延和栏杆已绸缪难解的紫藤，开的是一串串粉白带浅紫的花朵。右边是一盆桂苗，高只近尺，花时竟也有高洁清雅的异香，随风漾来。近邻是两盆茉莉和一盆玉兰。这两种香草虽不得列于《离骚》狂吟的芳谱，她们细腻而幽邃的远芬，却是我无力抵抗的。开窗的夏夜，她们的体香回泛在空中，一直远飘来书房里，嗅得人神摇摇而意惚惚，不能久安于座，总忍不住要推纱门出去亲近亲近。比较起来，玉兰修长的白瓣香得温醇些，茉莉的丛蕊似更醉鼻餍心，总之都太迷人。

再过去是两盆海棠。浅红色的花，油绿色的叶，相配之下，别有一种民俗画的色调，最富中国韵味，而秋海棠叶的象征，从小已印在心头。其旁还有一盆铁海棠，虬蔓郁结的刺茎上，开出四瓣对称的深红小花。此花生命力最强，暴风雨后，只有她屹立不摇，颜色不改。再向右依次是绣球花、蟹爪兰、昙花、杜鹃。蟹爪兰花色洋红而神态凌厉，有张牙奋爪作势攫人之意，简直是一只花魇，令我不敢亲近。昙花已经绽过三次，一次还是双蓓对开，真是吉夕素仙。夏秋之间，一夕盛放，皎白的千层长瓣，眼看她恣纵迅疾地展开，幽幽地吐出粉黄娇嫩的簇蕊，却像一切奇迹那样，在目迷神眩的异光中，甫启即闭了。一年含蓄，只为一夕的挥霍，大概是芳族之中最羞涩、最自谦、最没有发表欲的一姝了。

在这些空中半岛，啊不，空中花园之上，我是两园丁之一，专掌浇水，每日夕阳沉山，我便在晚霞的浮光里，提一把白柄蓝身的喷水壶，向众芳施水。另一位园丁当然是阳台的女主人，专司杀虫施肥，修剪枝叶，翻掘盆土。有时蓓蕾新发，野雀常来偷食，我就攮臂冲出去，大声驱逐。而高台多悲风，脚下那山谷只敞对海湾，海风一起，便成了老子所谓"虚而不屈，动而愈出[①]"的一具风箱。于是便轮到我一盆盆搬进屋来。寒流来袭，亦复如此。女园丁笑我是陶侃运甓[②]。美，也是有代价的。

无风的晴日，盆花之间常依偎一只白漆的鸟笼。里面的客人是一只灰翼蓝身的小鹦鹉，我为它取名蓝宝宝。走近去看，才发现翅膀不是全灰，而是灰中间白，并带一点点蓝；颈背上是一圈圈的灰纹，两翼的灰纹则弧形相掩，饰以白边，状如鱼鳞。翼尖交叠的下面，伸出修长几近半身的尾巴，毛色深孔雀蓝，常在笼栏边拂来拂去。身体的细毛蓝得很轻浅，很飘逸。

---

① 虚而不屈，动而愈出：人体内精气的运行是虚静而不屈服的，振动得越快，出得越多。老子认为，人身这个风箱运动得越快，精气出动得就越多。

② 陶侃运甓：陶侃无事时，不愿悠闲自处，早晨将砖搬到屋外后，到晚上再搬回屋内。表示勤奋不懈，不惧往返重复。

胸前有一片白羽，上覆浑圆的小蓝点，点数经常在变，少则两点，长全时多至六点，排成弧形，像一条项链。

蓝宝宝的可爱，不只外貌的娇美。如果你有耐性，多跟它做一会儿伴，就会发现它的语言天才。它参加我们的生活成为最受宠爱的"小家人"才半年，韩惟全①由美游港，在我们家小住数日，首先发现它在牙牙学语，学我们的人语。起先我们不信，以为它时发时歇的咿唔唼喋，不过是禽类的哓哓自语，无意识的饶舌罢了。经惟全一提醒，蓝宝宝的断续鸟语，在侧耳细听之下，居然有点人话的意思。只是有时嗫嚅吞吐，似是而非，加以人腔鸟调，句读含混不清，那意境在人禽之间，恐怕连公冶长②再世，也难以体会，更无论圣方济各③了。

幸运的时候，蓝宝宝会吐出三两个短句："小鸟过来""干什么""知道了""臭鸟不乖"，还有节奏起伏的"小鸟小鸟小小鸟"。小小曲喙的发音设备，毕竟和人嘴不可"同日而语"，所以人语的唇音齿音等等，蓝宝宝虽有娓娓巧舌，仍是摹拟难工的。听说要小鹦鹉认真学话，得先施以剪舌的手术，剪了之后

---

① 韩惟全：余光中的友人。
② 公冶长：春秋时期孔子的弟子和女婿，"七十二贤"之一。传说公冶长能解百禽之语。
③ 圣方济各：欧洲中世纪神父，创立了方济各会和方济女修会。传说他曾向小鸟传教。

就不会那么"大舌头"了。此举是否见效，我不知道，但为了推行人语而违反人道，太无聊也太残忍了，我是绝对不肯的。无所不载、无所不容的这世界，属于人，也属于花、鸟、虫、鱼；人类之间，禁止别人发言或强迫人人千口一词，也就够威武的了，又何必向禽兽去行人政呢？因此，盆中的铁海棠，女园丁和我都任其自然，不加扭曲，而蓝宝宝呢，会讲几句人话，固然能取悦于人，满足主人的虚荣心，我们也任其自由发展，从不刻意去教它。写到这里，又听到蓝宝宝在阳台上叫了。不过这一次它是和外面的野雀呼应酬答，是在鸟语。

那样的啁啾，该是羽类的世界语吧。而无论蓝宝宝是在阳台上或是屋里，只要左近传来鸠呼或雀噪，它一定脆音相应，一逗一答，一呼一和，旁听起来十分有趣。或许在飞禽的世界里，也像人世一样，南腔北调，有各种复杂的方言，可惜我们莫能分辨，只好一概称为鸟语。

平时说到鸟语，总不免想起"生生燕语明如翦，呖呖莺声溜的圆①"之类的婉婉好音，绝少想到鸟语之中，也有极其可怖

---

① 生生燕语明如翦，呖呖莺声溜的圆：语出《牡丹亭》，作者汤显祖。《牡丹亭》描写的是官家千金杜丽娘对梦中书生柳梦梅倾心相爱，竟伤情而死，化为魂魄寻找现实中的爱人，人鬼相恋，最后起死回生，终于与柳梦梅永结同心的故事。

的一类。后来参观底特律的大动物园,进入笼高树密的鸟苑,绿重翠叠的阴影里,一时不见高栖的众禽,只听到四周怪笑吃吃,惊叹咄咄,厉呼磔磔,盈耳不知究竟有多少巫师隐身在幽处施法念咒,真是听觉上最骇人的一次经验。看过希区柯克①的悚栗片《鸟》,大家惊疑之余,都说真想不到鸟类会有这么"邪恶"。其实人类君临这个世界,品尝珍馐,饕餮万物,把一切都视为当然,却忘了自己经常捕囚或烹食鸟类的种种罪行有多么残忍了。兀鹰食人,毕竟先等人自毙;人食乳鸽,却是一笼一笼地蓄意谋杀。

想到此地,蓝光一闪,一片青云飘落在我的肩上,原来是有人把蓝宝宝放出来了。每次出笼,它一定振翅疾飞,在屋里回翔一圈,然后栖在我肩头或腕际。我的耳边、颈背、颔下,是它最爱来依偎探讨的地方。最温驯的时候,它会憩在人的手背,低下头来,用小喙亲吻人的手指,一动也不动地,讨人欢喜。有时它更会从嘴里吐出一粒"雀粟"来,邀你共享,据说这是它表示友谊的亲切举动,但你尽可放心,它不会强人所难

---

① 希区柯克:导演、编剧、制片人、演员。1971年获得法国荣誉军团骑士勋章。1979年获得奥斯卡终身成就奖。1980年被授予爵士封号。2007年被英国电影杂志《Total Film》选为"史上百位伟大导演第一位"。

的，不一会儿，它又径自啄回去了。有时它也会轻咬你的手指头，并露出它可笑的花舌头。兴奋起来，它还会不断地向你磕头，颈毛松开，瞳仁缩小，嘴里更是呢呢喃喃，不知所云。不过所谓"小鸟依人"，只是片面的，只许它来亲人，不许你去抚它。你才一伸手，它立刻回过身来面对着你，注意你的一举一动，不然便是蓝羽一张，早已飞之冥冥。

不少朋友在我的客厅里，常因这一闪蓝云的猝然降临而大吃一惊。女作家心岱便是其中的一位。说时迟，那时快，蓝宝宝华丽的翅膀一收，已经栖在她手腕上了。心岱惊魂未定，只好强自镇定，听我们向她夸耀小鸟的种种。后来她回到台北，还在《联合副刊》发表《蓝宝》一文，以记其事。

我发现，许多朋友都不知道养一只小鹦鹉多么有趣，又多么简单。小鹦鹉的身价，就它带给主人的乐趣说来，是非常便宜的。在台湾，每只售六七十元，在香港只要港币六元，美国的超级市场里也常有出售，每只不过五六元美金。在丹佛时，我先后养过四只，其中黄底灰纹的一只毛色特别娇嫩，算是珍品，是我花十五元美金买来的。买小鹦鹉时，要注意两件事情。年龄要看额头和鼻端，额上黑纹愈密，鼻上色泽愈紫，则愈幼小。要买，当然要初生的稚鹦，才容易和你亲近。至于健康呢，则要翻过身来看它的肛门，周围的细白绒毛要干，才显得消化良好。小鹦鹉最怕泻肚子，一泻就糟。

此外的投资，无非是一只鸟笼，两枝栖木，一片鱼骨和极其迷你的水缸粟钵而已。鱼骨的用场，是供它啄食，以吸取充分的钙质。那么小的肚子，耗费的粟量当然有限，再穷的主人也供得起的。有时为了调剂，不妨喂一点青菜和果皮，让它啄个三五口，也就够了。熟了以后，可以放出笼来，任它自由飞憩，不过门窗要小心关好，否则它爱向亮处飞，极易夺门而去。我养过的近十头小鹦鹉之中，就有两头是这么无端飞掉的。有了这种伤心的教训，我只在晚上才敢把鸟放出笼来。

小鸟依人，也会缠人，过分亲狎之后，也有烦恼的。你吃苹果，它便飞来奇袭，与人争食。你特别削一片喂它，它只浅尝三两口，仍纵回你的口边，定要和你分享大块。你看报，它便来嚼食纸边，吃得津津有味。你写字呢，它便停在纸上，研究你写些什么，甚至以为笔尖来回挥动是在逗它玩乐，便来追咬你的笔尖。要赶它回笼，可不容易。如果它玩得还未尽兴，则无论你如何好言劝诱或恶声威胁，都不能使它俯首归心。最后只有关灯的一招，在黑暗里，它是不敢飞的。于是你伸手擒来，毛茸茸软温温的一团，小心脏抵着你的手心猛跳，吱吱的抗议声中，你已经把它置回笼里。

蓝宝宝是大埔的菜市上六元买来的，在我所有的"禽缘"

里，它是最乖巧、最可爱的一只，现在，即使有谁出六千元，我也不肯舍弃它的。前年夏天，我们举家回台北去，只好把蓝宝宝寄在宋淇府上，劳宋夫人做了半个月的"鸟妈妈"。记得交托之时，还郑重其事，拟了一张"养鸟须知"的备忘录，悬于笼侧，文曰：

一、小米一钵，清水半缸，间日一换，不食烟火，俨然羽仙。

二、风口日曝之处，不宜放置鸟笼。

三、无须为鸟沐浴，造化自有安排。

四、智商仿佛两岁稚婴。略通人语，颇喜传讹。闺中隐私，不宜多言，慎之慎之。

一九七七年五月

满亭星月

关山西向的观海亭，架空临远，不但梁柱工整，翼然有盖，而且有长台伸入露天，台板踏出古拙的音响，不愧为西望第一亭。首次登亭，天色已晚，阴云四布，日月星辰一概失踪。海，当然还在下面，浩瀚可观。再次登亭，不但日月双圆，而且满载一亭的星光。小小一座亭子，竟然坐览沧海之大，天象之奇，不可不记。

那一天重到关山，已晡未暝，一抹横天的灰霭遮住了落日。亭下的土场上停满了汽车、机车，还有一辆游览巴士。再看亭上，更是人影杂沓，衬着远空。落日还没落，我们的心却沉落了。从高雄南下的途中，天气先阴后晴，我早就担心那小亭有人先登，还被宓宓①笑为患得患失。但眼前这小亭客满的一幕，

---

① 宓宓：余光中的妻子范我存。她的小名叫咪咪，余光中在诗文中也常称她为"宓宓"。

远超过我的预期。

  同来的四人尽皆失望，只好暂时避开亭子，走向左侧的一处悬崖，观望一下。在荒苇乱草之间，宓宓和钟玲各自支起三脚高架，调整镜头，只等太阳从霭幕之后露脸。摄影，是她们的新好癖（hobby），颇受高岛的鼓舞。两人弯腰就架，向寸镜之中去安排长天与远海，准备用一条水平线去捕落日。那姿势，有如两只埋首的鸵鸟。我和维梁①则徘徊于鸵鸟之间，时或踯躅崖际，下窥一落百尺的峭壁与峻坡，尝尝危险边缘的股票滋味。

  暮霭开处，落日的火轮垂垂下坠，那颜色，介于橘红之间，因为未能断然挣脱霭氛，光彩并不十分夺目，火轮也未见剧烈滚动。但所有西望的眼睛却够兴奋的了。两只鸵鸟连忙捕捉这名贵的一瞬，亭上的人影也骚动起来。十几分钟后，那一球橘红还来不及变成酡红，又被海上渐浓的灰霭遮拥而去。这匆匆的告别式不能算是高潮，但黄昏的主角毕竟谢过幕了。

  "这就是所谓的关山落日。"宓宓对维梁说。

  "西子湾的落日比这壮丽多了，"我说，"又红又圆，达于美的饱和。就当着你面，一截截，被海平面削去。最后一截也沉没的那一瞬，真恐怖，宇宙像顿然无主。"

---

① 维梁：即黄维梁，曾任香港中文大学中文系教授。

"你看太阳都下去了,"钟玲怨道,"那些人还不走。"

"不用着急,"我笑笑说,"再多的英雄豪杰,日落之后,都会被历史召去。就像户外的顽童一样,最后,总要被妈妈叫回去吃晚饭的。"

于是我们互相安慰,说晚饭的时间一到,不怕亭上客不相继离开。万一有人带了野餐来呢?"不会的,亭上没有灯,怎么吃呢?"

灰霭变成一抹红霞,烧了不久,火势就弱了下去。夜色像一只隐形的大蜘蛛在织网,一层层暗下来。游览巴士一声吼,亭上的人影晃动,几乎散了一半。接着是机车暴烈的发作,一辆尾衔着一辆,也都窜走了。扰攘了一阵之后,奇迹似的,留下一座空亭给我们。

一座空亭,加上更空的天和海,和崖下的几里黑岸。

我们接下了亭子,与海天相通的空亭,也就接下了茫茫的夜色。整个宇宙暗下来,只为了突出一颗黄昏星吗?

"你看那颗星,"我指着海上大约二十度的仰角,"好亮啊,一定是黄昏星了。比天狼星还亮。"

"像是为落日送行。"钟玲说。

"又像夸父在追日。"维梁说。

"黄昏星是黄昏的耳环,"宓宓不胜羡慕,"要是能摘来戴一夜就好了。"

"落日去后，留下晚霞。"我说，"晚霞去后，留下众星。众星去后——"

"你们听，海潮。"宓宓打断我的话。

一百五十公尺[①]之下，半里多路的岸外，传来浑厚而深沉的潮声，大约每隔二十几秒钟就退而复来，那间歇的骚响，说不出海究竟是在叹气，或是在打鼾，总之那样的肺活量令人惊骇。更说不出那究竟是音乐还是噪音，无论如何，那野性的单调却非常耐听。当你侧耳，那声音里隐隐可以参禅、悟道，天机若有所示。而当你无心听时，那声音就和寂静浑然合为一体，可以充耳不闻。现代人的耳朵饱受机器噪音的千灾百劫，无所逃于都市之网；甚至电影与电视的原野镜头，也躲不过粗糙而嚣张的配音。录音技巧这么精进，为什么没有人把海潮的天籁或是青蛙、蟋蟀的歌声制成录音带，让向往自然而不得亲近的人在似真似幻中陶然入梦呢？

正在出神，一道强光横里扫来，接着是车轮辗地的声音，高岛来了。

"你真是准时，高岛。"钟玲走下木梯去迎接来人。

[①] 公尺：长度单位米的旧称。

"正好六点半，"宓宓也跟下去，"晚餐买来了吗？"

两个女人帮高岛把晚餐搬入亭来。我把高岛介绍给维梁。大家七手八脚在亭中的长方木桌上布置食品和餐具，高岛则点亮了强力瓦斯灯，用一条宽宽的帆布带吊在横梁上。大家在长条凳上相对坐定，兴奋地吃起晚餐来。原来每个人两盒便当，一盒是热腾腾的白饭，另一盒则是排骨肉、卤蛋和咸菜。高岛照例取出白兰地来，为每人斟了一杯。不久，大家都有点脸红了。

"你说六点半到就六点半到，真是守时。"我向高岛敬酒。

"我五点钟才买好便当从高雄出发呢！"高岛说着，得意地呵呵大笑，"一个半钟头就到了。"

"当心超速罚款。"宓宓说。

"台湾的公路真好。"维梁喝一口酒说，"南下垦丁的沿海公路四线来去，简直就是高速大道，岂不是引诱人超速吗？"

"这高雄以南渐入佳境，可说是另成天地。"我自鸣得意了，"等明天你去过佳乐水、跳过迷石阵再说。你回去后，应该游说述先、锡华、朱立他们，下次一起来游垦丁。"

高岛点燃瓦斯炉，煮起功夫茶来。大家都饱了，便起来四处走动。终于都靠在面西的木栏杆上，茫然对着空无的台湾海峡。黄昏星更低了，柔亮的金芒贴近水面。

"那颗星那样回顾着我们,"钟玲近乎叹息地说,"一定有它的用意,只是我们看不透。"

"你们看,"宓宓说,"黄昏星的下面,海水有淡幽幽的倒影。哪,飘飘忽忽地,若有若无,像曳着一条反光的尾巴——"

"真的。"我说着,向海面定神地望了一会儿,"那是因为今晚没风,海面平静,倒影才稳定成串。要是有风浪,就乱掉了。"

不知是谁"咦"的一声轻微的惊诧,引得大家一起仰面。天哪,竟然有那么多星,神手布棋一样一下子就布满了整个黑洞洞的夜空,斑斑斓斓那么多的光芒,交相映照,闪动着恢恢天网的,喔,当顶罩来的一丛丛银辉。是谁那么阔,那么气派,夜夜,在他的大穹顶下千蕊吊灯一般亮起那许多的星座?而尤其令人惊骇莫名的,是那许多猬聚的银辉金芒,看起来热烈,听起来却冷清。那么宏观,唉,壮丽的一大启示,却如此静静地向你开展。明明是发生许多奇迹了,发生在那么深长的空间,在全世界所有的塔尖上屋顶上旗杆上,却若无其事地一声也不出。因为这才是永谜的面具,宇宙的表情,果真造物有主,就必然在其间或者其后了吧。这就是至终无上的图案,一切的封面也是封底,只有它才是不朽的,和它相比,世间的所谓千古杰作算什么呢?在我生前,千万万年,它就是那样子了,而且一直会保持那样子。到我死后,复千万万年。此事不可思议,思之令人战栗而发颤。

"从来没有见过这么多星。"宓宓呆了半晌说道。

"这亭子又高又空，周围几里路什么灯也没有。"高岛煮好茶，也走来露台上，"所以该见到的星都出现了。我有时一个人躺在海边的大平石上仰头看星，啊，令人晕眩呢。"

"啊，流星——"宓宓失声惊呼。

"我也看到了！"维梁也叫道。

"不可思议。"钟玲说，"这星空永远看不懂，猜不透，却永远耐看。"

"你知道吗？"我说，"这满天星斗并列在夜空，像是同一块大黑板上的斑斑白点，其实，有的是远客，有的是近邻。这只是比较而言，所谓近邻，至少也在四个光年以外——"

"四个光年？"高岛问。

"就是光在空间奔跑四年的距离。"维梁说。

"太阳光射到我们眼里，大约八分钟，照算好了。"我说，"至于远客，那往往离我们几百甚至几千光年。也就是说，眼前这些众星灿以繁，虽然同时出现，它们的光向我们投来，却长短参差，先后有别。譬如那天狼星吧，我们此刻看见的其实是它八年半以前的样子。远的星光，早在李白的甚至老子的时代就动身飞来了——"

"哎哟，不可思议！"钟玲叹道。

"那一颗是天狼星吧？"维梁指着东南方大约四十多度的仰角说。

"对啊。"宓宓说，"再上去就是猎户座了。"

"究竟猎户座是哪些星？"钟玲说。

"哪，那三颗一排，距离相等，就是猎人的腰带。"宓宓说。

"跟它们这一排直交而等距的两颗一等星，"我说，"一左一右，气象最显赫的是，你看，左边的参宿四和右边的参宿七——"

"参商[1]不相见。"维梁笑道。

"哪里是参宿四？"钟玲急了，"怎么找不到？"

"哪，红的那颗。"我说。

"参宿七呢？"钟玲说。

"右边那颗，青闪闪的。"宓宓说。

"青白而晶明，英文叫 Rigel[2]，海明威[3]在《老人与海》里特别写过。哪，你拿望远镜去看。"

---

[1] 参商：指的是参星与商星，二者在星空中此出彼没，古人以此比喻彼此对立、不和睦、亲友隔绝、不能相见、有距离。
[2] Rigel：参宿七的英文。
[3] 海明威：美国作家、记者，被认为是20世纪最著名的小说家之一。1953年，他的《老人与海》一书获得普利策奖；1954年，《老人与海》又为海明威夺得诺贝尔文学奖。

钟玲举镜搜索了一会儿,格格笑道:"镜头晃来晃去,所有的星全像虫子一样扭动,真滑稽!到底在哪——喔,找到了!像宝石一样,一红一蓝。那颗艳红的,呃,参宿四,一定是火热吧?"

"恰恰相反。"我笑起来,"红星是氧气烧光的结果,算是晚年了。蓝星却是旺盛的壮年。太阳已经中年了,所以发金黄的光。"

"有没有这回事啊?"宓宓将信将疑。

"骗人!"钟玲也笑起来。

"信不信随你们,自己可以去查天文书啊。"我说,"哪,天顶心就有一颗赫赫的橘红色一等星,绰号金牛眼,the Bull's Eye。看见了没有?不用望远镜,只凭肉眼也看得见的——"

"就在正头顶,"维梁说,"鲜艳极了。"

"这金牛的红眼火睛英文叫 Al debaran,是阿拉伯人给取的名字,意思是追踪者。Al 只是冠词,debaran 意为'追随'。阿拉伯人早就善观天文,西方不少星的名字都是从阿拉伯人来的。"

"据说埃及和阿拉伯的天文学都发达得很早。"维梁说。

"也许是沙漠里看星,特别清楚的关系。"宓宓说。

大家都笑了。

钟玲却说:"有道理啊,空气好,又没有灯,像关山一样……不过，阿拉伯人为什么把金牛的火睛叫作追踪者呢？追什么呢？"

"追七姊妹呀。"我说。

"七姊妹在哪里？"高岛也感到兴趣了。

"就在金牛的前方。"我说，"哪，大致上从天狼星起，穿过猎户的三星腰带，画一条直线，贯穿金牛的火睛，再向前伸，就是七姊妹了——"

"为什么叫七姊妹呢？"两个女人最关心。

"传说原是巨人阿特力士和水神所生。七颗守在一堆，肉眼可见——"我说。

"啊，有了。"钟玲高兴地说，"可是——只见六颗。"高岛和维梁也说只见六颗。

"我见到七颗呢。"宓宓得意地说。

高岛向钟玲手里取过望远镜，向穹顶扫描。

"其中一颗是暗些。"我说，"据说有一个妹妹不很乖，躲了起来——"

"又在即兴编造了。"宓宓笑骂道。

"真是冤枉。"我说，"自己不看书，反说别人乱编。其实，天文学入门的小册子不但知性，更有感性，说的是光年外的事，却非常多情。我每次看，都感动不已——"

"啊，找到了，找到了！"高岛叫起来，"一大堆呢，岂止七颗，十几颗。啊，漂亮极了！"他说着，把望远镜又传给维梁。维梁看了一会儿，传给钟玲。

"颈子都扭酸了。"钟玲说，"我不看了。"

"进亭子里去喝茶吧。"宓宓说。

大家都回到亭里，围着厚笃笃的方木桌，喝起冻顶乌龙，嚼起花生来。夜凉逼人，岑寂里，只有陡坡下的珊瑚岩岸传来一阵阵潮音，像是海峡在梦中的脉搏，声动数里。黄昏星不见了，想是追落日而俱没，海峡上昏沉沉的。

"虽然冷下来了，幸好无风。"钟玲说。

忽然一道剽悍的巨光，瀑布反泻一般，从岸边斜扫上来，一下子将我们淹没。惊愕回顾之间，说时迟，那时快，又忽然把光瀑猛收回去。

"是岸边的守卫。"从眩目中定过神来，高岛说。

"吓了我一跳。"钟玲笑道。

"以为我们是私枭吧，照我们一下。"宓宓说。

"要真是歹徒的话，"高岛纵声而笑，"啊，早就狼狈而逃了，还敢坐在这里喝冻顶乌龙？"

"也许他们是羡慕我们，或者只是打个招呼吧。"维梁说。

"其实他们可以用高倍的望远镜来监视我们。"宓宓说，"我们又不是——咦，你们看山上！"

大家齐回过头去。后面的岭顶，微明的天空把起伏参差的树影反托得颇为突出。天和山的接界，看得出有珠白的光从下面直泛上来，森森的树顶越来越显著了，夜色似有所待。

"月亮要出来了！"大家不约而同都叫起来。

"今天初几？"宓宓问。

"三天前是元宵，"维梁说，"——今天是十八。"

"那，月亮还是圆的，太好了。"钟玲高兴地说。

于是大家都盼望起来，情绪显然升高。岭上的白光越发涨泛了，一若脚灯已亮而主角犹未上场，令人兴奋地翘企。高岛索性把悬在梁上的瓦斯灯熄掉，准备迎月。不久，纠结的树影开出一道缺口，银光迸溢之处，一线皎白，啊不，一弧清白冒了上来。

"出来了，出来了！"大家欢呼。

不负众望，一番腾滚之后终于跳出那赤露的冰轮。银白的寒光拂满我们一脸，直泻进亭子里来，所有的栏柱和桌凳都似乎浮在光波里。大家兴奋地拥向露天的长台，去迎接新生的明月。钟玲把望远镜对准山头，调整镜片，窥起素娥的阴私来。宓宓赶快撑起三脚架，朝脉脉的清辉调弄相机。维梁不禁吟哦张九龄[①]的句子：

[①] 张九龄：唐朝开元名相，政治家、文学家、诗人。他积极发展五言诗，被誉为"岭南第一人"。

灭烛怜光满，披衣觉露滋……

钟玲问我要不要"窥月"，把望远镜递给了我。

"清楚得可怕，简直缺陷之美。"她说。

"不能多看。"宓宓警告大家，"虽然是月光，也会伤眼睛的。"

我把双筒对准了焦距，一球水晶晶的光芒忽然迎面滚来，那么硕大而逼真，当年在奔月的途中，嫦娥一定也见过此景的吧？伸着颈，仰着头，手中的望远镜无法凝定，镜里的大冰球在茫茫清虚之中更显得飘浮而晃荡。就这么永远流放在太空，孤零零地旋转着荒凉与寂寞。日月并称，似乎匹配成一对。其实，地球是太阳的第三子，月球却是地球的独女，要算是太阳的孙女了。这羞怯的孙女，面容虽然光洁丰满，细看，近看，尤其在望远镜中，却是个麻脸美人——

"真像个雀斑美人。"宓宓对着三脚架顶的相机镜头赞叹道。

"对啊，一脸的雀斑。"我连忙附和，同时对刚才的评断感到太唐突素娥。

"古人就说成是桂影吧。"维梁说。

"今人说成是陨星穴和环形山。"我应道。

"其实呢，月亮是一面反光镜。"宓宓说。

"对呀,一面悬空的反光镜,把太阳的黄金翻译成白银。"钟玲接口。

"说得好!说得好!"高岛纵声大笑。

"这望远镜好清楚啊,"我说,"简直一下子就飞纵到月亮的面前,再一纵就登上冰球了。要是李白有这么一架望远镜——"

"他一定兴奋得大叫起来!"维梁笑说。

"你看,在月光里站久了,"我说,"什么东西都显得好清楚。宋朝诗人苏舜钦[①]说得好:'自视直欲见筋脉,无所逃遁鱼龙忧。'海上,一定也是一片空明了。"

"你们别尽对着山呀!这边来看海!"宓宓在另一边栏杆旁叫大家。

空茫茫的海面,似有若无,流泛着一片淡淡的白光,照出庞然隆起的水弧。月亮虽然是太阳的回光返照,却无意忠于阳光。她所投射的影子只是一场梦。远远地在下方,台湾海峡笼在梦之面纱里,那么安宁,不能想象还有走私客和偷渡者出没在其间。

"你们看,海面上有一大片黑影。"宓宓说。

大家吓了一跳,连忙向水上去辨认。

[①] 苏舜钦:北宋文学家,提倡古文运动,擅长诗词,与宋诗"开山祖师"梅尧臣合称"苏梅"。

"不是在海上，是岸上。"高岛说。

陡坡下面，黑漆漆的珊瑚礁岸上，染了一片薄薄的月光。但靠近坡脚下，影影绰绰，却可见一大片黑影，那起伏的轮廓十分暧昧。

"那是什么影子呢？"大家都迷惑了。

"——那是，啊，我知道了，"钟玲叫起来。"那是后面山头的影子！"

"毛茸茸的，是山头的树林。"宓宓说。

"那……我们的亭子呢？"维梁说。

"让我挥挥手看。"高岛说着，把手伸进皎洁的月光，挥动起来。

于是大家都伸出手臂，在造梦的月光里，向永不歇息的潮水挥舞起来。

一九八七年三月七日

故国神游

五月中旬去西安讲学。那是我第一次去陕西，当然也是首访西安。对那千年古都神往既久，当然也有莫大的期待。结果却几乎扑了一个空。当然那是我自己浅薄，去投的又是如此深厚的传统，加以为期不满五天，又有两场演讲、一场活动，所以知之既少，入之又浅，谈不上有何心得。"五日京兆[①]"吗？从西周、西汉、西晋一直到隋唐，从镐京、咸阳、渭城到长安，其中历经变化，史学家甚至考古学家都得说上半天。自宋以来，其帝国之光彩就已渐渐失色，所以轮到贾平凹来写《老西安》一书时，他的副题干脆就叫作"废都斜阳"了。

从头到尾，今日西安市中心的主要景点，例如钟楼、鼓楼、

[①] 五日京兆：出自《汉书》。比喻任职时间不会长，或凡事不作长久打算。

碑林、大雁塔等，都过门而未入。倒是听西安人说，钟楼与鼓楼正是成语"晨钟暮鼓"之所由，而古人买东西得跑去东大街和西大街，因此而有"买东西"一词。最令我感动的是，西安还有一处"燕国志士荆轲墓"。矛盾的是，我对这古都虽然所知不多，所见更少，可是所感所思却很深。这么多年，我虽然一步也未踏过斯土，可是却自作多情地写过好几首诗，以长安为背景或现场。

我在西安的第一场演讲就叫作"诗与长安"，前面一小半多引古人之作。例如李白的《忆秦娥》、杜牧的《将赴吴兴登乐游原》、白居易的《长恨歌》、辛弃疾的《菩萨蛮——书江西造口壁》和《世说新语》"日近长安远"之说。

后面的大半场就引到我自己所写涉及长安的诗，一共七首，依次是《秦俑》《寻李白》《飞碟之夜》《昭君》《盲丐》《飞将军》《刺秦王》。我用光碟投影，一路说明并朗诵。《秦俑》颇长，从古西安说到西安事变，从桃花源说到十二尊金人和徐福的六千童男童女；中间引入《诗经·秦风》四句，我就曼声吟诵出来，颇有立体效果。《寻李白》有赞谪仙三行：酒入豪肠，七分酿成了月光／余下的三分啸成剑气／绣口一吐就半个盛唐。入选许多选集。《飞碟之夜》用科幻小说笔法想象安禄山的飞碟部队如何占领长安。《昭君》讽刺卫青与霍去病都无法达成的事，竟要弱女子去承担。《盲丐》写我自己在美国远怀汉唐盛世的苦心，结尾有这样两句：一支箫哭一千年／长城，你终会听见，长安，你终会听。《飞将军》为汉朝的名将李广抱不平，其事皆取自《史记》。《刺秦王》也本于《史记》，但叙事则始于荆轲谋刺失败，伤重倚柱时的感慨。这些事，凡中国的读书人都应知道，而这些诗，凡中国的心灵都会共鸣。行知学院礼堂里坐满的两千五百人，虽欠空调，却无人离席。

另一场演讲在西安美术学院，题为"诗与美学"，情况也差不多。更值得一记的，是该校活泼的校风与可观的校园。在会议室与长廊上，一排排黑白的人像照吸引我左顾右盼，屡屡停步，只因照中人都有美学甚至文化的地位，就我匆匆一瞥的印象，至少包含蔡元培、陈寅恪、鲁迅、胡适、徐悲鸿、朱光潜、梁思成、林徽因、蔡威廉（蔡元培之女）、林文铮（蔡元培女婿，杭州艺专教务长）等；外国人之中还有法兰克福学派主角的哲学家马尔库塞[①]。

至于校园何以特别可观，也只消一瞥就立可断定。远处纵目，只见一排排一丛丛直立的方尖石体，高低参差，平均与人相等，瞬间印象又像碑林，又像陶俑。其实都不是，主人笑说是"拴马桩"。走近去看，才发现那些削方石体，雕纹或粗或

[①] 马尔库塞：德裔美籍哲学家和社会理论家，法兰克福学派的一员。他一生在美国从事社会研究与教学工作。

细，顶上都踞着、栖着、蹲着、跪着一座雕塑品，踞者许是雄狮、栖者许是猛禽、蹲者许是围人、跪者许是奴仆，更有奴仆或守卫之类跨在狮背，千奇百怪，难以缕陈。人物的体态、面貌、表情又不同于秦兵的陶俑，该多是胡人吧，唐三彩牵马的胡围正是如此。主人说这些拴马桩多半来自渭北的农庄。看今日西安市地图，西北郊外汉长安旧址就有罗家寨、马家寨、雷家寨等六七个寨，说不定就来自那些庄宅；当然，客栈、酒家、衙门前面也需要这些吧。正遐想间，主人又说，那边还有不少可看，校园里有好几千桩。我们夫妻那天真是大开眼界：这和江南水乡处处是桥与船大不相同。

我去西安，除了讲学之外，还参加了一个活动，经"粥会"会长陆炳文[①]先生之介绍，认识了于右任[②]先生的后人。右老[③]是陕西三原县人，早年参与辛亥革命，后来成了民国大佬，但在文化界更以书法大师久享盛誉。他是长我半个世纪的前辈，但是同在台湾，一直到他去世，我都从未得识耆宿。我更没有想到，陕西人对这位远隔的乡贤始终血浓于水，保持着敬爱与

[①] 陆炳文：台湾文化艺术界联合会理事主席，历任桃园高级中学教师，1999年任中华如意学会理事长、中华粥会会长。
[②] 于右任：中国近现代政治家、教育家、书法家。于右任早年是同盟会成员，长年在国民政府担任高级官员。
[③] 右老：即于右任先生。

怀念。因此早在二〇〇二年，复建于右任故居的工作已在西安展开，七年后正值他诞生一百三十周年，终于及时落成。

右老乃现代书法大家，关中草圣，原与书法外行的我难有联系。但是他还是一位著名诗人，在台所写怀乡之诗颇为陕西乡亲所重。有心人联想到我的《乡愁》一诗，竟然安排了一个下午，就在"西安于右任故居纪念馆"内，举办"忆长安话乡愁"雅集，由西安文坛与乐界的名流朗诵并演唱右老与我的诗作共二十首。盛会由右老侄孙于大方、于大平策划，我们夫妻得以认识右老的许多晚辈，更品尝了于府精美的厨艺，领略了右老曾孙辈的纯真与礼貌。

对这位前辈，我曾凑过一副对联："遗墨淋漓长在壁，美髯倜傥似当风。"为了要写西安之行，我读了贾平凹的《老西安》一书。像贾平凹这样的当代名家，我本来以为不会提到已故多年的右老。不料他说于右任曾跑遍关中搜寻石碑，几乎搜尽了陕西的魏晋石碑，并"安置于西安文庙，这就形成了至今闻名中外的碑林博物馆"，他又说："西安人热爱于右任，不仅爱他的字，更爱他一颗爱国的心，做圣贤而能庸行，是大人而常小心。"最后他说："于右任、吴宓、王子云、赵望云、石鲁、柳青……足以使陕西人和西安这座城骄傲。我每每登临城头，望着那南北纵横井字形的大街小巷，不由自主地就想到了他们。"

西安之行，虽然无缘遍访古迹，甚至走马观花都说不上，幸而还去了一趟西安博物院，稍稍解了"恨古人吾不见"之憾。博物院面积颇广，由博物馆、荐福寺、小雁塔三者组成。我存十多年前已来过西安，这次陪我同来，也未能畅览她想看的文物，好在我们还是在此博物馆中流连了近一小时。秦朝的瓦当，西汉的鎏金铜钟，唐朝的三彩腾空骑马胡人俑、鎏金走龙等，还是满足了我们的怀古之情与美感。我存在高雄市美术馆担任导览义工已有十六年，去年还获得"文建会"的服务奖章。她对古文物，尤其是古玉，所知颇多，并不太需要他人解释，几次开口之后，内地的导览也知道遇见内行了。

另外一件事，她就不陪我了。先是在开花的石榴树荫下，我们仰见了逼在半空的小雁塔，我立刻决定要攀登绝顶。导游是一位很帅气的青年，他说，很抱歉，规定六十五岁以上的老人不准攀爬。我在世界各地旅行，几乎无塔不登，两年前我在佛罗伦萨登过的百花圣母大教堂和乔托钟楼都比眼前这小雁塔高，我怎么能拒绝唐代风云的号召呢？于是我对导游说，何妨先陪我爬到第三层，如果见我余勇可嘉，就让我一路仰攻到顶如何。他答应了，就和炳文陪我登上第三层，见我并无异状，索性让我放步登高。一层比一层地内壁缩紧，到了十层以上，里面的空间便逼人愈甚，由不得登高客不缩头缩颈，收肘弓腰，谦卑起来。同时塔外的风景也不断地匍匐下去。这时，也没人能够分神去扶别人了。如是螺旋自拔，不让土地公在后拽腿，终于钻到了塔顶。全西安都在脚底了。足之所苦,目之所乐,登高三昧,不过如此。我总相信,登高眺远,等于向神明报到,用意是总算向八荒九垓前朝远代致敬过了。诸公登慈恩寺塔之盛事,不能与杜甫、岑参同步,也算是虚应了故事,写起游记来至少踏实得多。

导游对历史熟稔,谈吐不凡,看得出胸怀大志,有先忧后乐的气概,令我油然想到定庵的警句:"我劝天公重抖擞,不拘一格降人才。"问其姓名,答曰"继伟"。我对他说:"将来我还会听见你的名字。"

这次去西安,错过的名胜古迹太多,只能寄望于他日。但是其中竟有一处平白错过,尤其令我不释。那就是在唐诗中屡次出现的"乐游原"。最奇怪的是,每次我向西安人提起,他们的反应总是漠然,不是根本不知其处,就是知有其处却不在乎。也有人说,这地方有是有,还在那儿,可是你去不了。

李白的词《忆秦娥》,后半阕云:"乐游原上清秋节,咸阳古道音尘绝。音尘绝,西风残照,汉家陵阙。"王国维赞其后两句,曾说:"寥寥八字,关尽千古登临之口。"此地所谓"登临",登的就是乐游原,临的则是汉家陵阙。杜甫七古《乐游园歌》咏当时长安仕女春秋佳节登临之盛,前四句是:"乐游古园崒森爽,烟绵碧草萋萋长。公子华筵势最高,秦川对酒平如掌。"亟言其地势之高,视域之广。诗末两句则是:"此身饮罢无归处,独立苍茫自咏诗。"能够让人"独立苍茫"的，当然是登临胜地。

到了晚唐，又有一对伤心人，也是李、杜，来此登高怀古。李商隐的《乐游原》非常有名："向晚意不适，驱车登古原。夕阳无限好，只是近黄昏。"杜牧则有两首七绝咏及其地，《登乐游原》说："长空澹澹孤鸟没，万古销沉向此中。看取汉家何事业，五陵无树起秋风。"另一首《将赴吴兴登乐游原》又说："清时有味是无能，闲爱孤云静爱僧。欲把一麾江海去，乐游原上望昭陵。"

前引盛唐与晚唐各有李、杜吟咏其地。乐游原在长安东南，诗人登高所望，都是朝西北，那方向不论是汉朝的五陵或唐朝的五陵，都令人怀古伤今，诗情与史感余韵不绝。初唐的王勃有《春日宴乐游园赋韵得接字》一诗，因为是春游，而大唐帝国正值发轫，就没有李、杜甚至陈子昂俯仰古今之叹。

我去西安，受了李、杜的招引，满心以为可以一登古原，西吊唐魂汉魄，印证自己从小吟诵唐诗的情怀，结果扑了一个空。西安的主人见我不甘死心，某夜当真为我驱车，不是去登古原，而是到西安东南郊外一处上山坡道的起点，昏暗的街灯下但见铁闸深闭，其上有一告示木牌，潦草的字体大书"西安乐游原"。如此而已，更无其他。

二〇一二年八月

望乡的牧神

那年的秋季特别长,一直拖到感恩节,还不落雪。事后大家都说,那年的冬季,也不像往年那么长,那么严厉。雪是下了,但不像那么深,那么频。幸好圣诞节的一场还积得够厚,否则圣诞老人就显得狼狈失措了。

那年的秋季,我刚刚结束了一年浪游式的讲学,告别了第三十三张席梦思,回到密歇根来定居。许多好朋友都在美国,但黄用和华苓在艾奥瓦[①],梨华远在纽约,一个长途电话能令人破产,咪咪手续未备,还阻隔半个大陆加一个海加一个海关。航空邮简是一种迟缓的箭,射到对海,火早已熄了,余烬显得特别冷。

[①] 艾奥瓦:即艾奥瓦州,美国50个联邦州之一,被列为美国居住最安全的州之一。

那年的秋季，显得特别长。草，在渐渐寒冷的天气里，久久不枯。空气又干，又爽，又脆。站在下风的地方，可以嗅出树叶，满林子树叶散播的死讯，以及整个中西部成熟后的体香。中西部的秋季，是一场弥月不熄的野火，从浅黄到血红到暗赭到郁沉沉的浓栗，从艾奥瓦一直烧到俄亥俄，夜以继日以继夜地维持好几十郡的灿烂。云罗张在特别洁净的蓝虚蓝无上，白得特别惹眼。谁要用剪刀去剪，一定装满好几箩筐。

那年的秋季特别长，像一段雏形的永恒。我几乎以为，站在四围的秋色里，那种圆溜溜的成熟感，会永远悬在那里，不坠下来。终于一切瓜一切果都过肥过重了，从腴沃中升起来的仍垂向腴沃。每到黄昏，太阳也垂垂落向南瓜田里，红澄澄的，一只熟得不能再熟下去的，特大号的南瓜。日子就像这样过去。晴天之后仍然是晴天，之后仍然是完整无憾饱满得不能再饱满的晴天，敲上去会敲出音乐来的稀金属的晴天。就这样微酡地饮着清醒的秋季，好，怎么不好，就是太寂寞了。在西密歇根大学，开了三门课，我有足够的时间看书、写信。但更多的时间，我用来幻想，而且回忆，回忆在有一个岛上做过的有意义和无意义的事情，一直到半夜，到半夜以后。有些事情，曾经恨过的，再恨一次；曾经恋过的，再恋一次；有些无聊，甚至再无聊一次。一切都离我很久，很远。我不知道，我的寂寞应该以时间或空间为半径。就这样，我独自坐到午夜以后，看窗外的夜比《圣经·旧约》更黑,万籁俱死之中,听两颊的胡髭无赖地长着,应和着腕表巡回的秒针。

这样说,你就明白了。那年的秋季特别长。我不过是个客座教授,悠悠荡荡的,无挂无牵。我的生活就像一部翻译小说,情节不多,气氛很浓;也有其现实的一面,但那是异国的现实,不算数的。例如汽车保险到期了,明天要记得打电话给那家保险公司;公寓的邮差怪可亲的,圣诞节要不要送他件小礼品等等。究竟只是一部翻译小说,气氛再浓,只能当作一场逼真的梦罢了。而尤其可笑的是,读来读去,连一个女主角也不见。男主角又如此地无味。这部恶汉体的(picaresque)小说,应该是没有销路的。不成其为配角的配角,倒有几位。劳悌芬[①]便是其中的一位。在我教过的一百六十几个美国大孩子之中,劳悌芬和其他少数几位,大概会长久留在我的回忆里。一切都是巧合。有一个黑发的东方人,去到密歇根。恰巧会到那一个大学。恰巧那一年,有一个金发的美国青年,也在那大学里。恰巧金发选了黑发的课。恰巧谁也不讨厌谁。于是金发出现在那部翻译小说里。

那年的秋季,本来应该更长更长的。是劳悌芬使它显得不那样长。劳悌芬,是我给金发取的中文名字。他的本名是

[①] 劳悌芬:即文中的"Stephen Cloud"和"Steve","劳悌芬"是作者为这位美国学生取的中文名字。

Stephen Cloud。一个姓云的人，应该是洒脱的。劳悌芬倒不怎么洒脱。他毋宁是有些腼腆的，不像班上其他的男孩，爱逗着女同学说笑。他也爱笑，但大半是坐在后排，大家都笑时他也参加笑，会笑得有些脸红。后来我才发现他是戴隐形眼镜的。

同时，秋季愈益深了。女学生们开始穿大衣来教室。上课的时候，掌大的枫树落叶，会簌簌叩打大幅的玻璃窗。我仍记得，那天早晨刚落过霜，我正讲到杜甫的"秋来相顾尚飘蓬①"。忽然瞥见红叶黄叶之上，联邦的星条旗扬在猎猎的风中，一种摧心折骨的无边秋感，自头盖骨一直麻到十个指尖。有三四秒钟我说不出话来。但脸上的颜色一定泄漏了什么。下了课，劳悌芬走过来，问我周末有没有约会。当我的回答是否定时，他说："我家在农场上，此地南去四十多英里。星期天就是万圣节了。如果你有兴致，我想请你去住两三天。"

所以三天后，我就坐在他西德产的小汽车右座，向南方出发了。十月底的一个半下午，小阳春②停在最美的焦距上，湿度至小，能见度至大，风景呈现最清晰的轮廓。出了卡拉马祖（Kalamazoo），密歇根南部的大平原抚得好空好阔，浩浩乎如一

---

① 秋来相顾尚飘蓬：语出唐代杜甫的《赠李白》一诗。意思是：离别时两相顾盼，像飞蓬一样到处飘荡。
② 小阳春：时节气候名，指的是孟冬（立冬至小雪节令）期间一段温暖如春的天气。在民间，有"十月小阳春"之说。

片陆海，偶然的农庄和丛树散布如列屿。在这样响当当的晴朗里，这样高速这样平稳地驰骋，令人幻觉是在驾驶游艇。一切都退得很远，腾出最开敞的空间，让你回旋。秋，确是奇妙的季节。每个人都幻觉自己像两万英尺高的卷云那么轻，一大张卷云卷起来称一称也不过几磅。又像空气那么透明，连忧愁也是薄薄的，用裁纸刀这么一裁就裁开了。公路，像一条有魔术的白地毡，在车头前面不断舒展，同时在车尾不断卷起。

如是卷了二十几英里，西德产的小车在一面小湖旁停了下来。密歇根原是千湖之州，五大湖之间尚有无数小泽。像其他的小泽一样，面前的这个湖蓝得染人肝肺。立在湖边，对着满满的湖水，似乎有一只幻异的蓝眼瞳在施术催眠，令人意识到一种不安的美。所以说秋是难解的。秋是一种不可置信而居然延长了这么久的奇迹，总令人觉得有点不妥。就像此刻，秋色四面，上面是土耳其玉的天穹，下面是普鲁士蓝的清澄，风起时，满枫林的叶子滚动香熟的灿阳，仿佛打翻了一匣子的玛瑙。莫奈和西斯莱死了，印象主义的画面永生。

这只是刹那的感觉罢了。下一刻，我发现劳悌芬在喊我。他站在一株大黑橡下面。赤褐如焦的橡叶丛底，露出一间白漆木板钉成的小屋。走进去，才发现是一爿小杂货店。陈设古朴可笑，饶有殖民时期风味。西洋杉铺成的地板，走过时轧轧有声。这种小铺子在城市里是已经绝迹了。店主是一个满脸斑点的胖妇人,劳悌芬向她买了十几根红白相间的竿竿糖,满意地和我走出店来。

橡叶萧萧,风中甚有寒意。我们赶回车上,重新上路。劳悌芬把糖袋子递过来,任我抽了两根。糖味不太甜,有点薄荷在里面,嚼起来倒也津津可口。劳悌芬解释说:"你知道,老太婆那家小店,开了十几年。生意不好,也不关门。读初中起,我就认得她了,也不觉得她的糖有什么好吃。后来去卡拉马祖上大学,每次回家,一定找她聊天,同时买点糖吃,让她高兴高兴。现在居然成了习惯,每到周末,就想起薄荷糖来了。"

"是蛮好吃。再给我一根。你也是,别的男孩子一到周末就约 chick① 去了,你倒去看祖母。"

劳悌芬红着脸傻笑,过了一会儿,他说:"女孩子麻烦。她们喝酒,还做好多别的事。"

"我们班上的好像都很乖。例如路丝——"

"哦,满嘴的存在主义什么的,好烦。还不如那个老婆婆坦白!"

"你不像其他的美国男孩子。"

劳悌芬耸耸肩,接着又傻笑起来。一辆货车挡在前面,他一踩油门,超了过去。把一袋糖吃光,就到了劳悌芬的家。太

---

① chick:小鸡。英文俚语指女孩子。

阳已经偏西。夕照正当红漆的仓库,特别显得明艳映颊。劳悌芬把车停在两层的木屋前,和他父亲的旅行车并列在一起。一个丰硕的妇人从屋里探头出来,大呼说:"Steve!我晓得是你!怎么这样晚才回来!风好冷,快进来吧!"

劳悌芬把我介绍给他的父母,和弟弟侯伯(Herbert)。终于大家在晚餐桌边坐定。这才发现,他的父亲不过五十岁,已经满头白发,可是白得整齐而洁净,反而为他清瘦的面容增添光辉。侯伯是一个很漂亮的,伶手俐脚的小伙子。但形成晚餐桌上暖洋洋的气氛的,还是他的母亲。她是一个胸脯宽阔,眸光亲切的妇人,笑起来时,启露白而齐的齿光,映得满座粲然。她一直忙着传递盘碟。看见我饮牛奶时狐疑的脸色,她说:"味道有点怪,是不是?这是我们自己的母牛挤的奶,原奶,和超级市场上买到的不同。等会儿你再尝尝我们自己的榨苹果汁看。"

"你们好像不喝酒。"我说。

"爸爸不要我们喝。"劳悌芬看了父亲一眼。"我们只喝牛奶。"

"我们是清教徒,"他父亲眯着眼睛说,"不喝酒,不抽烟。从我的祖父起就是这样子。"

接着他母亲站起来,移走满桌子残肴,为大家端来一碟碟南瓜饼。

"Steve,"他母亲说,"明天晚上汤普森家的孩子们说了要来闹节的。""不招待,就作怪,余先生听说过吧?糖倒是准备了好几包,就缺一盏南瓜灯。地下室有三四只空南瓜,你等会儿去挑一只雕一雕。我要去挤牛奶了。"

等他父亲也吃罢南瓜饼,起身去牛栏里帮他母亲挤奶时,劳悌芬便到地下室去。不久,他捧了一只脸盆大小的空干南瓜来,开始雕起假面来。他在上端先开了两只菱形的眼睛,再向中部挖出一只鼻子,最后,又挖了一张新月形的阔嘴,嘴角向上。接着他把假面推到我的面前,问我像不像。相了一会儿,我说:"嘴好像太小了。"

于是他又把嘴向两边开得更大。然后他说:"我们把它放到外面去吧。"

我们推门出去。他把南瓜脸放在走廊的地板上,从夹克的大口袋里掏出一截白蜡烛,塞到蒂眼里,企图把它燃起。风又急又冷,一吹,就熄了。徒然试了几次,他说:"算了,明晚再点吧。我们早点睡,明天还要去打野兔子呢。"

第二天下午,我们果然背着猎枪,去打猎了。这在我说来,是有点滑稽的。我从来没有打猎的经验。军训课上,是射过几发子弹,但距离红心不晓得有好远。劳悌芬却兴致勃勃,坚持要去。

"上个周末没有回家。再上个周末,帮爸爸驾收割机收黄豆。一直没有机会到后面的林子里去。"

劳悌芬穿了一件粗帆布的宽大夹克,长及膝盖,阔腰带一束，显得五英尺十英寸上下的身材，分外英挺。他把较旧式的一把猎枪递给我，说："就凑合着用一下吧。一九五八年出品，本来是我弟弟用的。"看见我犹豫的颜色，他笑笑说："放松一点，只要不向我身上打就行。很有趣的，你不妨试试看。"

我原有一肚子的话要问他，可是他已经领先向屋后的橡树林欣然出发了。我端着枪跟上去。两人绕过黄白相间的耿西牛群的牧地，走上了小木桥彼端的小土径，在犹青的乱草丛中蜿蜒而行。天气依然爽朗朗地晴。风已转弱，阳光不转瞬地凝视着平野，但空气拂在肌肤上，依然冷得人神志清醒，反应敏锐。舞了一天一夜的斑斓树叶，都悬在空际，浴在阳光金黄的好脾气中。这样美好而完整的静谧，用一发猎枪子弹给炸碎了，岂不是可惜。

"一只野兔也不见呢。"我说。

"别慌。到前面的橡树丛里去等等看。"

我们继续往前走。我努力向野草丛中搜索，企图在劳悌芬之前发现什么风吹草动；如此，我虽未必能打中什么，至少可以提醒我的同伴。这样想着，我就紧紧追上了劳悌芬。蓦地，我的猎伴举起枪来，接着耳边炸开了一声脆而短的骤响，一样毛茸茸的灰黄的物体从十几码外的黑橡树上坠了下来。

"打中了！打中了！"劳悌芬向那边奔过去。

"是什么？"我追过去。

等到我赶上他时,他正挥着枪柄在追打什么。然后我发现草坡下,劳悌芬脚边的一个橡树窟窿里,一只松鼠尚在抽搐。不到半分钟,它就完全静止了。

"死了。"劳悌芬说。

"可怜的小家伙。"我摇摇头。我一向喜欢松鼠。以前在艾奥瓦念书的时候,我常爱从红砖的古楼上,俯瞰这些长尾多毛的小动物,在修得平整的草地上嬉戏。我尤其爱看它们弓身而立,捧食松果的样子。劳悌芬捡起松鼠。它的右腿渗出血来,修长的尾巴垂着死亡。劳悌芬拉起一把草,把血斑拭去说:

"它掉下来,带着伤,想逃到树洞里去躲起来。这小东西好聪明。带回去给我父亲剥皮也好。"

他把死松鼠放进夹克的大口袋里,重新端起了枪。

"我们去那边的树林子里再找找看。"他指着半英里外的一片赤金和鲜黄。想起还没有庆贺猎人,我说:"好准的枪法,刚才!根本没有看见你瞄准,怎么它就掉下来了。"

"我爱玩枪。在学校里,我还是预备军官训练队的上校呢。每年冬季,我都带侯伯去北部的半岛打鹿。这一向眼睛差了。隐形眼镜还没有戴惯。"

这才注意到劳悌芬的眸子是灰蒙蒙的,中间透出淡绿色的光泽。我们越过十二号公路。岑寂的秋色里,去芝加哥的车辆迅疾地扫过,曳着轮胎磨地的咝咝声和掠过你身边时的风声。

一辆农场的拖拉机,滚着齿槽深凹的大轮子,施施然辗过,车尾扬着一面小红旗。劳悌芬对车上的老叟挥挥手。

"是汤普森家的丈人。"他说。

"车上插面红旗子干吗?"

"哦,是州公路局规定的。农场上的拖拉机之类,在公路上穿来穿去,开得太慢,怕普通车辆从后面撞上去。挂一面红旗,老远就看见了。"

说着,我们一脚高一脚低走进了好大一片刚收割过的田地。阡陌间歪歪斜斜地还留着一行行的残梗,零零星星的豆粒,落在干燥的土块里。劳悌芬随手折起一片豆荚,把荚剥开,淡黄的豆粒滚入了他的掌心。

"这是汤普森家的黄豆田。尝尝看,很香的。"

我接过他手中的豆子,开始吃起来。他折了更多的豆荚,一片一片地剥着。两人把嚼不碎的豆子吐出来。无意间,我哼起"高粱肥,大豆香,遍地黄金少灾殃……"

"嘿,那是什么?"劳悌芬笑起来。

"第二次世界大战时大家都唱的一首歌……那时我们都是小孩子。"说着,我的鼻子酸了起来。两人走出了大豆田,又越过一片尚未收割的玉蜀黍。劳悌芬停下来,笑得很神秘。过了一会儿,他说:

"你听听看,看能听见什么。"

我当真听了一会儿，什么也没有听见。风已经很微。偶尔，玉蜀黍的干穗壳和邻株磨出一丝窸窣。劳悌芬的浅灰绿瞳向我发出问询。

我茫然摇摇头。

他又阔笑起来。

"玉米田，多耳朵。有秘密，莫要说。"

我也笑起来。

"这是双关语，"他笑道，"我们英语管玉米穗叫耳朵。好多笑话都从它编起。"

接着两人又默然了。经他一说，果然觉得玉蜀黍秆上挂满了耳朵。成千的耳朵都在倾听，但下午的遗忘覆盖一切，什么也听不见。一枚硬壳果从树上跌下来，两人吓了一跳。劳悌芬俯身拾起来，黑褐色的硬壳已经干裂。

"是山胡桃呢。"他说。

我们继续向前走。杂树林子已经在面前。不久，我们发现自己已在树丛中了，厚厚的一层落叶铺在我们脚下。卵形而有齿边的是桦，瘦而多棱的是枫，橡叶则圆长而轮廓丰满。我们踏着千叶万叶已腐的，将腐的，干脆欲裂的秋季向更深处走去，听非常过瘾也非常伤心的枯枝在我们体重下折断的声音。我们似乎践在暴露的秋筋秋脉上。秋日下午那安静的肃杀中，似乎，有一些什么在我们里面死去。最后，我们在一截断树干边坐下来。一截合抱的黑橡树干，横在枯枝败叶层层交叠的地面，龟裂的老皮形成阴郁的图案，纪录霜的齿印，雨的泪痕。黑眼眶的树洞里，覆盖着红叶和黄叶，有的仍有潮意。

两人靠着断干斜卧下来，猎枪搁在断柯的权丫上。树影重重叠叠覆在我们上面，蔽住更上面的蓝穹。落下来的锈红蚀褐已经很多，但仍有很多的病叶，弥留在枝柯上面，犹堪支撑一座两丈多高的镶黄嵌赤的圆顶。无风的林间，不时有一张叶子飘飘荡荡地堕下。而地面，纵横的枝叶间，会传来一声不甚可解的窸窣，说不出是足拨的或是腹游的路过。

"你看，那是什么？"我转向劳悌芬。他顺我指点的方向看去。那是几棵银桦树间一片凹下去的地面，里面的桦叶都压得很平。

"好大的坑。"我说。

"是鹿，"他说，"昨夜大概有鹿来睡过。这一带有鹿。如果你住在湖边，就会看见它们结队去喝水。"

接着他躺了下来，枕在黑皮的树干上，穿着方头皮靴的脚交叠在一起。他仰面凝视叶隙透进来的碎蓝色。如是仰视着，他的脸上覆盖着纷沓的游移的叶影，红的朦胧叠着黄的模糊。他的鼻子投影在一边的面颊上，因为太阳已沉向西南方，被桦树的白干分割着的西南方，牵着一线金熔熔的地平。他的阔胸脯微微地起伏。

"Steve，你的家园多安静可爱。我真羡慕你。"

仰着的脸上漾开了笑容。不久，笑容静止下来。

"是很可爱啊，但不会永远如此。我可能给征到越南去。"

"那样，你去不去呢？"我说。

"如果征到我，就必须去。"

"你——怕不怕？"

"哦，还没有想过。美国的公路上，一年也要死五万人呢。我怕不怕？好多人赶着结婚，我同样地怕结婚。年纪轻轻的，就认定一个女孩，好没意思。"

"你没有女朋友吗？"我问。

"没有认真的。"

我茫然了。躺在面前的是这样的一个躯体，结实，美好，充溢的生命一直到指尖和趾尖，就是这样的一个躯体，没有爱过，也未被爱过，未被情欲燃烧过的一截空白。有一个东方人是他的朋友。冥冥中，在一个遥远的战场上，将有更多的东方人等着做他的仇敌。一个遥远的战场，那里的树和云从未听说过密歇根。

这样想着，忽然发现天色已经晚了。金黄的夕暮淹没了林外的平芜。乌鸦叫得原野加倍地空旷。有谁在附近焚烧落叶，空中漫起灰白的烟来，嗅得出一种好闻的焦味。

"我们回去吃晚饭吧。"劳悌芬说。

那年的秋季特别长,似乎,万圣节来得也特别迟。但到了万圣节,白昼已经很短了。太阳一下去,天很快就黑了,比《圣经》的封面还黑。吃过晚饭,劳悌芬问我累不累。

"不累。一点儿也不累。从来没有像这样好兴致。"

"我们开车去附近逛逛去。"

"好啊——今晚不是万圣节前夕吗?你怕不怕?"

"怕什么?"劳悌芬笑起来。"我们可以捉两个女巫回来。"

"对!捉回来,要她们表演怎样骑扫帚!"

全家人都哄笑起来。劳悌芬和我穿上厚毛衫与夹克。推门出去,在寒颤的星光下,我们钻进西德产的小车。车内好冷,皮垫子冰人臀股,一切金属品都冰人肘臂。立刻,车窗上就呵了一层翳翳的雾气。车子上了十二号公路,速度骤增,成排的榆树向两侧急急闪避,白脚的树干反映着首灯的光,但榆树的巷子外,南密歇根的平原罩在一件神秘的黑巫衣里。劳悌芬开了暖气。不久,我的膝头便感到暖烘烘了。

"今晚开车特别要小心,"劳悌芬说,"有些小孩子会结队到邻近的村庄去捣蛋。小孩子边走边说笑,在公路边上,很容易发生车祸。今年,警察局在报上提醒家长,不要让孩子穿深色的衣服。"

"你小时候有没有闹过节呢?"

"怎么没有?我跟侯伯闹了好几年。"

"怎么一个捣蛋法？"

"哦，不给糖吃的话，就用烂泥糊在人家门口。或在窗子上画个鬼，或者用粉笔在汽车上涂些脏话。"

"倒是蛮有意思的。"

"现在渐渐不作兴这样了。父亲总说，他们小时候闹得比我们还凶。"

说着，车已上了跨越大税路的陆桥。桥下的车辆四巷来去地疾驶着，首灯闪动长长的光芒，向芝加哥，向托莱多。

"是印第安纳的超级税道。我家离州界只有七英里。"

"我知道。我在这条路上开过两次的。"

"今晚已经到过印第安纳了。我们回去吧。"

说着，劳悌芬把车子转进一条小支道，绕路回去。

"走这条路好些，"他说，"可以看看人家的节景。"

果然远处霎着几星灯火。驶近时，才发现是十几户人家。走廊的白漆栏杆上，皆供着点燃的南瓜灯，南瓜如面，几何形的眼鼻展览着布拉克和毕加索，说不清是恐怖还是滑稽。有的廊上，悬着骑帚巫的怪异剪纸。打扮得更怪异的孩子们，正在拉人家的门铃。灯火自楼房的窗户透出来，映出洁白的窗帷。

接着劳悌芬放松了油门。路的右侧隐约显出几个矮小的人影。然后我们看出，一个是王，戴着金黄的皇冠，持着权杖，披着黑色的大氅。一个是后，戴着银色的后冕，曳着浅紫色的衣裳。后面一个武士,手执斧钺,不过四五岁的样子。我们缓缓前行,等小小的朝廷越过马路。不晓得为什么,武士忽然哭了起来。国王劝他不听,气得骂起来。还是好心的皇后把他牵了过去。

劳悌芬和我都笑起来。然后我们继续前进。劳悌芬哼起《出埃及》中的一首歌,低沉之中带点凄婉。我一面听,一面数路旁的南瓜灯。最后劳悌芬说:

"那一盏是我们家的南瓜灯了。"

我们把车停在铁丝网组成的玉蜀黍圆仓前面。劳悌芬的母亲应铃来开门。我们进了木屋,一下子,便把夜的黑和冷和神秘全关在门外了。

"汤普森家的孩子们刚来过。"他的妈妈说。"爱弟装亚述王,简妮装贵妮薇儿,佛莱德跟在后面,什么也不像,连'不招待,就作怪'都说不清楚。"

"表演些什么?"劳悌芬笑笑说。

"简妮唱了一首歌。佛莱德什么都不会,硬给哥哥按在地上翻了一个筋斗。"

"汤姆怎么没来?"

"汤姆吗?汤姆说他已经大了,不搞这一套了。"

那年的秋季特别长,似乎可以那样一直延续下去。那一夜,我睡在劳悌芬家楼上,想到很多事情。南密歇根的原野向远方无限地伸长，伸进不可思议的黑色的遗忘里。地上，有零零落落的南瓜灯。天上，秋夜的星座在人家的屋顶上、电视的天线上，在光年外排列百年前千年前第一个万圣节前就是那样的阵图。我想得很多、很乱、很不连贯。高粱肥。大豆香。从越战想到韩战想到八年的抗战①。想冬天就要来了，空中嗅得出雪来。今年的冬天我仍将每早冷醒在单人床上。大豆香。想大豆在密歇根香着，在印第安纳在俄亥俄香着的大豆在另一个大陆有没有在香着？劳悌芬是个好男孩，我从来没有过弟弟。这部翻译小说，愈写愈长，愈没有情节而且男主角愈益无趣，虽然气氛还算逼真。南瓜饼是好吃的，比苹果饼好吃些。高粱肥。大豆香。大豆香后又怎么样？我实在再也吟不下去了。我的床向秋夜的星空升起，升起。大豆香的下一句是什么？

那年的秋季特别长，所以说，我一整夜都浮在一首歌上。那些尚未收割的高粱，全失眠了。这么说，你就完全明白了，不是吗？那年的秋季特别长。

一九六六年十月二十四日追忆

---

① 八年的抗战：指中国的抗日战争，当时普遍以1937年"七七事变"中日战争全面爆发，至1945年8月15日日本天皇宣布无条件投降的时间来计算抗日战争所历时长。2017年以后，中国将抗日战争的起始时间定为1931年"九一八事变"的爆发，共14年。

听听那冷雨

惊蛰一过,春寒加剧。先是料料峭峭,继而雨季开始,时而淋淋漓漓,时而淅淅沥沥,天潮潮地湿湿,即连在梦里,也似乎把伞撑着。而就凭一把伞,躲过一阵潇潇的冷雨,也躲不过整个雨季。连思想也都是潮润润的。每天回家,曲折穿过金门街到厦门街迷宫式的长巷短巷,雨里风里,走入霏霏令人更想入非非。想这样子的台北凄凄切切完全是黑白片的味道,想整个中国整部中国的历史无非是一张黑白片子,片头到片尾,一直是这样下着雨的。这种感觉,不知道是不是从安东尼奥尼[①]那里来的。不过那一块土地是久违了,二十五年,四分之一的世纪,即使有雨,也隔着千山万山,千伞万伞。二十五年,一切都断了,只有气候,只有气象报告还牵连在一起。大寒流从

[①] 安东尼奥尼:指米开朗基罗·安东尼奥尼。意大利导演、编剧、剪辑。

那块土地上弥天卷来,这种酷冷吾与古大陆分担,不能扑进她怀里,被她的裙边扫一扫吧,也算是安慰孺慕之情。

这样想时,严寒里竟有一点温暖的感觉了。这样想时,他希望这些狭长的巷子永远延伸下去,他的思路也可以延伸下去,不是金门街到厦门街,而是金门到厦门。他是厦门人,至少是广义的厦门人,二十年来,不住在厦门,住在厦门街,算是嘲弄吧,也算是安慰。不过说到广义,他同样也是广义的江南人,常州人,南京人,川娃儿,五陵少年。杏花春雨江南,那是他的少年时代了。再过半个月就是清明。安东尼奥尼的镜头摇过去,摇过去又摇过来。残山剩水犹如是。皇天后土犹如是。纭纭黔首纷纷黎民从北到南犹如是。那里面是中国吗?那里面当然还是中国,永远是中国。只是杏花春雨已不再,牧童遥指已不再,剑门细雨渭城轻尘也都已不再。然则他日思夜梦的那片土地,究竟在哪里呢?

在报纸的头条标题里吗?还是香港的谣言里?还是傅聪[①]的黑键白键,马思聪[②]的跳弓拨弦?还是安东尼奥尼的镜底落马洲的望中?还是呢,故宫博物院的壁头和玻璃橱内,京戏的锣鼓

[①] 傅聪:作家傅雷的儿子,钢琴家。8岁半开始学习钢琴,后背井离乡,终有所成,最终获得"钢琴诗人"的美名。
[②] 马思聪:小提琴家、作曲家、音乐教育家,中国第一代小提琴作曲家与演奏家。1987年5月20日,马思聪在美国费城逝世。

声中，太白和东坡的韵里？

　　杏花。春雨。江南。六个方块字，或许那片土就在那里面。而无论赤县也好神州也好中国也好，变来变去，只要仓颉的灵感不灭，美丽的中文不老，那形象，那磁石一般的向心力当必然长在。因为一个方块字是一个天地。太初有字，于是汉族的心灵他祖先的回忆和希望便有了寄托。譬如凭空写一个"雨"字，点点滴滴，滂滂沱沱，淅沥淅沥淅沥，一切云情雨意，就宛然其中了。视觉上的这种美感，岂是什么 rain① 也好 pluie② 也好所能满足？翻开一部《辞源》或《辞海》，金木水火土，各成世界，而一入"雨"部，古神州的天颜千变万化，便悉在望中，美丽的霜雪雲霞，骇人的雷电霹雷③，展露的无非是神的好脾气与坏脾气，气象台百读不厌门外汉百思不解的百科全书。

　　听听，那冷雨。看看，那冷雨。嗅嗅闻闻，那冷雨。舔舔吧，那冷雨。雨在他的伞上，这城市百万人的伞上、雨衣上、屋上、天线上，雨下在基隆港、在防波堤、在海峡的船上，清明这季雨。雨是女性，应该最富于感性。雨气空濛而迷幻，细细嗅嗅，清清爽爽新新，有一点点薄荷的香味，浓的时候，竟

---

① rain：雨，雨水。
② pluie：雨，下雨。此字为法文。
③ 雲、電：简体为"云"字与"电"字，已不属"雨"部。

发出草和树沐发后特有的淡淡土腥气,也许那竟是蚯蚓和蜗牛的腥气吧,毕竟是惊蛰了啊。也许地上的地下的生命,也许古中国层层叠叠的记忆皆蠢蠢而蠕,也许是植物的潜意识和梦吧,那腥气。

第三次去美国,在高高的丹佛他山居了两年。美国的西部,多山多沙漠,千里干旱,天,蓝似安格罗·萨克逊人[1]的眼睛;地,红如印地安人的肌肤;云,却是罕见的白鸟。落基山簇簇耀目的雪峰上,很少飘云牵雾。一来高,二来干,三来森林线以上,杉柏也止步,中国诗词里"荡胸生曾云[2]",或是"商略黄昏雨[3]"的意趣,是落基山上难睹的景象。落基山岭之胜,在石,在雪。那些奇岩怪石,相叠互倚,砌一场惊心动魄的雕塑展览,给太阳和千里的风看。那雪,白得虚虚幻幻,冷得清清醒醒,那股皑皑不绝一仰难尽的气势,压得人呼吸困难,心寒眸酸。不过要领略"白云回望合,青霭入看无[4]"的境界,仍须回来中国。台湾湿度很高,最饶云气氤氲、雨意迷离的情调。

---

[1] 安格罗·萨克逊人:即盎格鲁-撒克逊人,公元5世纪至11世纪中叶生活在大不列颠岛的民族,属于日耳曼民族的一支。
[2] 荡胸生曾云:语出杜甫诗作《望岳》。
[3] 商略黄昏雨:语出宋代词人姜夔的《点绛唇·丁未冬过吴松作》。这句词的意思是"商量黄昏是否下雨"。
[4] 白云回望合,青霭入看无:语出王维诗作《终南山》。这句诗的意思是"白云缭绕回望中合成一片,青霭迷茫进入山中都不见"。

两度夜宿溪头，树香沁鼻，宵寒袭肘，枕着润碧湿翠苍苍交叠的山影和万籁都歇的岑寂，仙人一样睡去。山中一夜饱雨，次晨醒来，在旭日未升的原始幽静中，冲着隔夜的寒气，踏着满地的断柯折枝和仍在流泻的细股雨水，一径探入森林的秘密，曲曲弯弯，步上山去。溪头的山，树密雾浓，蓊郁的水汽从谷底冉冉升起，时稠时稀，蒸腾多姿，幻化无定，只能从雾破云开的空处，窥见乍现即隐的一峰半壑，要纵览全貌，几乎是不可能的。至少入山两次，只能在白茫茫里和溪头诸峰玩捉迷藏的游戏。回到台北，世人问起，除了笑而不答心自闲，故作神秘之外，实际的印象，也无非山在虚无之间罢了。云缭烟绕，山隐水迢的中国风景，由来予人宋画的韵味。那天下也许是赵家的天下，那山水却是米家的山水。而究竟，是米氏父子[①]下笔像中国的山水，还是中国的山水上纸像宋画。恐怕是谁也说不清楚了吧？

雨不但可嗅，可观，更可以听。听听那冷雨。听雨，只要不是石破天惊的台风暴雨，在听觉上总是一种美感。大陆上的秋天，无论是疏雨滴梧桐，或是骤雨打荷叶，听去总有一点凄凉，凄清，凄楚，于今在岛上回味，则在凄楚之外，更笼上一层凄迷了。饶你多少豪情侠气，怕也经不起三番五次的风吹雨

---

① 米氏父子：指宋代书法家、画家米芾、米友仁父子。

打。一打少年听雨，红烛昏沉。两打中年听雨，客舟中，江阔云低。三打白头听雨在僧庐下，这便是亡宋之痛，一颗敏感心灵的一生：楼上，江上，庙里，用冷冷的雨珠子串成。十年前，他曾在一场摧心折骨的鬼雨中迷失了自己。雨，该是一滴湿漓漓的灵魂，窗外在喊谁。

雨打在树上和瓦上，韵律都清脆可听。尤其是铿铿敲在屋瓦上，那古老的音乐，属于中国，王禹偁在黄冈，破如椽的大竹为屋瓦。据说住在竹楼上面，急雨声如瀑布，密雪声比碎玉，而无论鼓琴，咏诗，下棋，投壶，共鸣的效果都特别好。这样岂不像住在竹筒里面，任何细脆的声响，怕都会加倍夸大，反而令人耳朵过敏吧。

雨天的屋瓦，浮漾湿湿的流光，灰而温柔，迎光则微明，背光则幽暗，对于视觉，是一种低沉的安慰。至于雨敲在鳞鳞千瓣的瓦上，由远而近，轻轻重重轻轻，夹着一股股的细流沿瓦槽与屋檐潺潺泻下，各种敲击音与滑音密织成网，谁的千指百指在按摩耳轮。"下雨了。"温柔的灰美人来了，她冰冰的纤手在屋顶拂弄着无数的黑键与灰键，把响午一下子奏成了黄昏。

在古老的大陆上，千屋万户是如此。二十多年前，初来这岛上，日式的瓦屋亦是如此。先是天暗了下来，城市像罩在一块巨幅的毛玻璃里，阴影在户内延长复加深。然后凉凉的水意弥漫在空间，风自每一个角落里旋起，感觉得到，每一个屋顶上呼吸沉重都覆着灰云。雨来了，最轻的敲打乐敲打这城市，苍茫的屋顶，远远近近，一张张敲过去，古老的琴，那细细密密的节奏，单调里自有一种柔婉与亲切，滴滴点点滴滴，似幻似真，若孩时在摇篮里，一曲耳熟的童谣摇摇欲睡，母亲吟哦鼻音与喉音。或是在江南的泽国水乡，一大筐绿油油的桑叶被啮于千百头蚕，细细琐琐屑屑，口器与口器咀咀嚼嚼。雨来了，雨来的时候瓦这么说，一片瓦说千亿片瓦说，说轻轻地奏吧沉沉地弹，徐徐地叩吧答答地打，间间歇歇敲一个雨季，即兴演奏从惊蛰到清明，在零落的坟上冷冷奏挽歌，一片瓦吟千亿片瓦吟。

在日式的古屋里听雨，听四月，霏霏不绝的黄梅雨，朝夕不断，旬月绵延，湿黏黏的苔藓从石阶下一直侵到他舌底、心底。到七月，听台风台雨在古屋顶上一夜盲奏，千寻海底的热浪沸沸被狂风挟来，掀翻整个太平洋只为向他的矮屋檐重重压下，整个海在他的蜗壳上哗哗泻过。不然便是雷雨夜，白烟一般的纱帐里听羯鼓一通又一通，滔天的暴雨滂滂沛沛扑来，强劲的电琵琶忐忐忑忑忐忐忑忑，弹动屋瓦的惊悸腾腾欲掀起。不然便是斜斜的西北雨斜斜，刷在窗玻璃上，鞭在墙上，打在阔大的芭蕉叶上，一阵寒濑泻过，秋意便弥漫日式的庭院了。

在日式的古屋里听雨，春雨绵绵听到秋雨潇潇，从少年听到中年，听听那冷雨。雨是一种单调而耐听的音乐，是室内乐是室外乐，户内听听，户外听听，冷冷，那音乐。雨是一种回忆的音乐，听听那冷雨，回忆江南的雨下得满地是江湖，下在桥上和船上，也下在四川的秧田和蛙塘。下肥了嘉陵江，下湿布谷咕咕的啼声。雨是潮潮润润的音乐，下在渴望的唇上，舐舐那冷雨。

因为雨是最最原始的敲打乐，从记忆的彼端敲起。瓦是最最低沉的乐器，灰蒙蒙的温柔覆盖着听雨的人，瓦是音乐的雨伞撑起。但不久公寓的时代来临，台北你怎么一下子长高了，瓦的音乐竟成了绝响。千片万片的瓦翩翩，美丽的灰蝴蝶纷纷飞走，飞入历史的记忆。现在雨下下来，下在水泥的屋顶和墙上，没有音韵的雨季。树也砍光了，那月桂，那枫树、柳树和擎天的巨椰，雨来的时候不再有丛叶嘈嘈切切，闪动湿湿的绿光迎接。鸟声减了啾啾，蛙声沉了咯咯，秋天的虫吟也减了唧唧。七十年代的台北不需要这些，一个乐队接一个乐队便遣散尽了。要听鸡叫，只有去《诗经》的韵里寻找。现在只剩下一张黑白片，黑白的默片。

正如马车的时代去后，三轮车的时代也去了。曾经在雨夜，三轮车的油布篷挂起，送她回家的途中，篷里的世界小得多可爱，而且躲在警察的辖区以外。雨衣的口袋越大越好，盛得下他的一只手里握一只纤纤的手。台湾的雨季这么长，该有人发明一种宽宽的双人雨衣，一人分穿一只袖子，此外的部分就不必分得太苛。而无论工业如何发达，一时似乎还废不了雨伞。

只要雨不倾盆，风不横吹，撑一把伞在雨中仍不失古典的韵味。任雨点敲在黑布伞或是透明的塑胶伞上，将骨柄一旋，雨珠向四方喷溅，伞缘便旋成了一圈飞檐。跟女友共一把雨伞，该是一种美丽的合作吧。最好是初恋，有点兴奋，更有点不好意思，若即若离之间，雨不妨下大一点。真正初恋，恐怕是兴奋得不需要伞的，手牵手在雨中狂奔而去，把年轻的长发和肌肤交给漫天的淋淋漓漓，然后向对方的唇上颊上尝凉凉甜甜的雨水。不过那要非常年轻且激情，同时，也只能发生在法国的新潮片里吧。

　　大多数的雨伞想不会为约会张开。上班下班，上学放学，菜市来回的途中，现实的伞，灰色的星期三，握着雨伞，他听那冷雨打在伞上。索性更冷一些就好了，他想。索性把湿湿的灰雨冻成干干爽爽的白雨，六角形的结晶体在无风的空中回回旋旋地降下来，等须眉和肩头白尽时，伸手一拂就落了。二十五年，没有受故乡白雨的祝福，或许发上下一点白霜是一种变相的自我补偿吧。一位英雄，经得起多少次雨季？他的额头是水成岩削成还是火成岩？他的心底究竟有多厚的苔藓？厦门街的雨巷走了二十年，与记忆等长，一座无瓦的公寓在巷底等他，一盏灯在楼上的雨窗子里，等他回去，向晚餐后的沉思冥想去整理青苔深深的记忆。前尘隔海。古屋不再。听听那冷雨。

　　　　　　　　　　　　一九七四年春分之夜

走过洛阳桥

我生于南京，但祖籍是福建永春，应为广义的泉州人，六岁时也曾随父母回去永春，住过半年。两岸三通以来，曾于二〇〇三年和二〇〇四年回去两次，却都未能踏上泉州的千年石梁洛阳桥，深以为憾。小时候常听父亲提起洛阳桥，印象很深。二〇〇四年八月，已经到了古桥南端，不胜孺慕与怀古，却因溽暑难当，放弃横越。上月第三次去泉州，行前扬言，未竟之渡必将实践，所以四月二十二日，也就是返泉次日上午，在媒体热烈簇拥之下，终于踏上了北宋书法大家，亦即当时泉州太守蔡襄所建的洛阳桥。那天薄阴，细雨初歇，正宜放足踏春。尽管人多口杂，镜头焦聚，我却始终摄住心神，不忘计数，抵达北岸的桥头时，大叫一声："一千零六十步！"

这距离,以我的脚程计算,大约是半公里,长度相当于布拉格的查理大桥(Charles Bridge)和莫斯科的红场。查理大桥和红场在国际上也许更有名,但洛阳桥更贴近我的心,我的梦,一半是因为常听父亲说起,一半是因为名字是洛阳,正如泉州又叫作晋江。

中国之大,有的是长桥、古桥,但其中另有一座同样更直通吾心,连接吾梦,那便是卢沟桥[①]。这三个字压在我心头的重量,等于整整八年的抗战,压扁了我的童年。卢沟桥全以白石砌成,虽然只有四百四十米,但桥宽十七米,雕柱石狮,气象宏伟,难怪马可·波罗要叹为观止,也因此西方人叫它作 Marco Polo Bridge ——但桥名马可·波罗,却无法直通吾心。

所以桥之为物,不但存在于空间,有其长度、宽度与高度,更存在于时间,有其历史的沧桑。在《桥跨黄金城》一文中我说过:"以桥为鞍,骑在一匹河的背上。河乃时间之隐喻,不舍昼夜,又为逝者之别名。然而逝去的是水,不是河。自其变者而观之,河乃时间;自其不变者而观之,河又似乎永恒。桥上人观之不厌的,也许就是这逝而犹在,常而恒迁的生命。而桥,两头抓住逃不走的岸,中间放走抓不住的河,这件事的意义,

---

[①] 卢沟桥:位于北京市丰台区永定河,因横跨卢沟河得名,是北京市现存古老的石造联拱桥。

形而上的可供玄学家去苦思,形而下的不妨任诗人来歌咏。"

二〇〇四年八月,我站在桥头,虽因酷热而未能上桥,却感叹此桥阅人之多而留下了四行绝句。今年果真走完了长桥,就不能只用这四行向泉州人交差了,所以终于将它续完,写成了一首四十行的整诗,了却一桩心愿。当时的四行是:

刺桐花开了多少个春天?
东西塔还要对望多少年?
多少人走过了洛阳桥?
多少船开出了泉州湾?

二〇一一年五月十八日

山中十日，世上千年

一九七四年的复兴文艺营，意义深长，风格清新，是一项革命性的创举。有关人士的辅导，驻营作家的鼓舞和一百位大学生的自发自律，踊跃参与，使这项创举得以顺利进行，圆满结束，收获可谓相当丰盈。

成功的条件是多方面的。首先，为了力矫西化的观念，我们把小说、散文、戏剧、诗四组分别命名为曹雪芹组、韩愈组、关汉卿组和李白组；前三组的指导老师分别聘请朱西宁、萧白和金开鑫三位先生担任，李白组则由我自兼。四组鲜明而富个性的形象，暗寓复兴传统的期许，给学生的鼓舞很大。

复兴文艺营的营副主任，由王伯音先生担任。王先生由于青年自强活动期间，尚须照顾其他活动，第二天便匆匆离营北返，实际的营务，乃偏劳秘书叶荫先生。今年的文艺营，在叶秘书和曾西霸、林韵梅、宫能鑫、罗富雄、林富商等服务员的照料下，不但达到了高度的行政效率，更和学员们交融无间，打成了一片。痖弦先生因为台北事忙，未能亲自驻营，但是对于今年的文艺营，曾经多方策划，提供了不少新观念。加上救国团①的开明作风，种种新构想乃得实现。

往年的营址都设在台北地区，今年迁往远离台北的雾社，也令爱好文艺的青年感觉一新。雾社四围山色，一泓湖光，不但风景绝佳，而且镇小人稀，游客亦少，海拔三千七百六十英尺，气候也远比平地凉爽，早晚甚至要加毛衣。上得山来，即使是俗人也不免沾上三分仙气。何况雾社正是四十多年前山胞抗日之地，于今烈士碑前，英雄坊下，悲壮的记忆犹在山风松涛中萦回不去。登高怀古，追抚泰耶鲁的忠魂，正可提供最佳的写作题材。营部设在农校之中，地主李少白校长于殷勤接待之余，更为全营学员演讲一次，把山胞抗暴的壮举，前因后果，详述一遍。就地取材，而题材又深具意义，更刺激了青年创作的灵感。

李校长二十多年高居仙境，却仍富人情，好客不下孟尝君，只是今之孟尝性嗜摄影，为全营的活动留下无数可贵的镜头。推开他的后门，迷人的碧湖尽在望中，脉脉的波光，冷冷的水汽，使人不得不停下来，坐下来，好好地想一想。每天清晨，

---

① 救国团：举办活动的暑期营队。

在变幻无定的白雾中，我总爱和三位老师坐在李校长后院的石椅上，居高临下，徐徐呼吸碧湖之美。女生也来。男生则爬上树去，攀折幽香的玉兰花。李白组的学员为这一潭绿水写了好些诗。我也写了一首，题名就叫《碧湖》，诗中所谓"碧湖山庄的主人"，就是指李校长。入山十日，也算有诗为证了。

文艺营每天的活动，从七点钟的升旗开始。一百双年轻的眼睛，把美丽的旗帜举上去，举到空中，便把她交给活泼泼的山风了。然后是晨读，然后是早餐。上午是两小时全营合上的大班课，由四位老师轮流讲授自己本行的发展概论。大班课原则上是"学术性"的，尽管学员正襟危坐，凝神聆听，他们真正期待的，还是下午三小时的分组讨论。雾社风景既美，亭台自多，峰回路转，往往一亭翼然，招人憩息。四组的学员簇拥着自己的"师父"，各觅一亭，或倚红柱，或坐石阶，便开始讨论起来。例如李白组吧，今天下午讨论的主题是什么？是郑愁予的诗。指定的八首都念了。好吧，那就一首首来，先看《水手刀》吧。于是我便开始讲解，先讲表面的大意，然后一层层向深处探讨，主题、背景、结构、语言、意象、节奏等等，一一评述，但是总故意留下某些漏洞，等待同学自己来解决。常常遇到歧义四出的字句，我总是遍询同学的意见，鼓励他们表达自己的看法。当然，众说纷纭之余，我也免不了要有所取舍，下一个结论。起初，学员们仍然保持着平日上课的习惯，迟疑观望，不敢轻易发言。后来经我再三强调，文艺营的目的，不在学术，而在创造；不在培养学者，而在诱导作家，部分学员才主动发言，有时是补充，有时甚至是修正我的意见。有时学员彼此之间也会争辩起来。到了这种程度，分组讨论的气氛就生动多了。最后，看得出来，即使还不曾发言的学员，至少也有了广纳众见的机会，或许在"旁听"的过程之中，已经纠正了自己的谬见或加强了自己的信念，所以实际上也等于"参与"过了。

晚上七点半到十点半，是实际写作的时间。这时冷雾渐起，各组回到自己的教室，团团坐定，所有的笔都忙碌了起来。老师坐在那里，当然也不是闲着，因为不久，一定会有准作家把刚完成的作品拿来给你看。你看了一遍，再看一遍，免不了要批评一番，这当然要一点真功夫。不过真正的功夫，还是在修改和润饰。你说，这里这个形容词不精确，那里那个动词太软弱，好吧，那你想一个好的来代替嘛。你说，整篇的结构太松懈，是吗？那你来扭扭紧试试看。你一出手，总得使准作家口服心服。做"师父"，本领就在这儿。因为今年的文艺营里，潜力富厚的青年作者至少有一打半，这些可造之材，假以时日，必能有所表现。例如关汉卿组的林清玄，开朗而有活力，在联合副刊已经发表了好些散文，不能视为纯然的准作家了。朱西宁先生与萧白先生在各自的组里，都续有惊喜的发现，认为上山之行不虚。李白组二十多人之中，有四五位在自己的校刊上已经发表了不少作品，才气显然可见。例如林文彦、林兴华、曾忠信几位，只要继续努力，当不致寂寂无闻。刘志聪初次试笔，居然不差，颇得叶珊笔意。外组来投稿的，以李利国、陈膺文最有前途：前者已臻稳境，后者下笔有理趣，但应"提防"罗青的影响。一般说来，今年文艺营的素质甚高，高手之外，尚多解人。我怀疑自己在二十岁时，能不能跟他们相比。

例外一点的是关汉卿组。短短十天，要写戏剧，是不可能的，何况该组不少学员，原来志在表演，而不在写作。因此他们在金开鑫先生的指导下，就雾社抗日事件，编排了一幕戏，在惜别晚会上盛大演出，很是生动。

从七月二日到十二日，今年的文艺营只有十天。时间虽短，活动却多，各组间竞争也很剧烈。文的，比赛出版组刊，制组旗，唱组歌。武的，比赛篮球。我知道李白组一共出了四期迷你诗刊，佳作不少；我也写了一首投去，很荣幸，被刊了出来。四面组旗，机心竞起，各具意趣。李白组的锦旗，由林兴华设计，作诗人探手捞月之状。我说，捞月之传说不够进取，为何不改成"欲上青天揽明月"？李白组说："那不简单？"把旌旗一倒过来，手掌向上，捞月便成了揽月了。李白组的组歌，则是张澄月编曲，林文彦教唱。至于赛球，举行了两场，结果是韩愈败于曹雪芹，李白败于关汉卿。萧白先生戏谓："毕竟曹雪芹和关汉卿年轻了几百岁啊!"

十天的文艺营,第一天的晚会叫作"相见欢",惜别的晚会叫"如梦令",都是词牌。"如梦令"的节目非常丰富,不及一一细说。会后,各组更分别夜游话别,依依不舍,多情的哭了好几位。我领了李白组,沿着无月无灯的小径,摸上山去,一路说鬼疑鬼,笑谑之间夹杂着恐惧,最后惊动了山顶的守亭人,出来呵斥我们这一群"不良少年"。败兴之余,众多"不良少年"随一位"不良中年"狼狈下山,铩羽而归。

啊啊守亭人,你错了。他们都是最纯真、最可爱的青年。我爱他们,每一个人。下山以后,我常常想念他们,相信他们也想念我,也想念朱西宁、萧白、金开鑫……还有那一潭水和四围的山,以及山上的水蜜桃和李子。

临别上车,李白组把组旗献给我,笑说:"李白,我们把月亮送给你。"我接过旗,也笑笑说:"那我把月光送给你们。"我在他们的留言簿上写道:

身在台北,心在碧湖。
山中十日,世上千年。

一九七四年八月

第 2 章

金陵子弟江湖客

回到了此岸,
见后土如此多娇,
年轻的一代如此地可爱,
正是久晴的秋日,
石头城满城的金桂盛开,
那样高贵的嗅觉飘扬在空中,
该是乡愁最敏的捷径。

思　蜀

1

在大型的中国地图册里，你不会找到"悦来场"这地方。甚至富勒敦加大①教授许淑贞最近从北京寄赠的巨型《中华人民共和国国家普通地图集》，长五十一公分，宽三十五公分，足足五公斤之重，上面也找不到这名字。这当然不足为怪：悦来场本是四川省江北县的一个芥末小镇，若是这一号的村镇全上了地图，那岂非芝麻多于烧饼，怎么容纳得下？但反过来说，连地图上都找不到，这地方岂不小得可怜，不，小得可爱，简直有点诗意了。刘长卿劝高僧"莫买沃洲山，时人已知处"，正有

---

① 富勒敦加大：即加州州立大学富尔顿分校。

此意。抗战岁月，我的少年时代尽在这无图索骥的穷乡度过，可见"入蜀"之深。蜀者，属也。在我少年记忆的深处，我早已是蜀人，而在其最深处，悦来场那一片僻壤全属我一人。

所以有一天在美国麦克奈利版的《最新国际地图册》成渝地区那一页，竟然，哎呀，找到了我的悦来场，真是喜出望外，似乎飘泊了半个世纪，忽然找到了定点可以落锚。小小的悦来场，我的悦来场，在中国地图里无迹可寻，却在外国地图里赫然露面，几乎可说是国际有名了，思之可哂。

2

从一九三八年夏天直到抗战结束，我在悦来场一住就是七年，当然不是去隐居，而是逃难，后来住定了，也就成为学生，几乎在那里度过整个中学时期。抗战的两大惨案，发生时我都靠近现场。南京大屠杀时，母亲正带着九岁的我随族人在苏皖边境的高淳县，也就是在敌军先头部队的前面，惊骇逃亡。重庆大轰炸时，我和母亲也近在二十公里外的悦来场，一片烟火烧艳了南天。

就是为避日机轰炸，重庆政府的机关纷纷迁去附近的乡镇，梁实秋先生任职的国立编译馆就因此疏散到北碚，也就是后来他写《雅舍小品》的现场。父亲服务的机关海外部把档案搬到悦来场，镇上无屋可租，竟在镇北五公里处找到了一座姓朱的祠堂，反正空着，就洽借了下来，当作办公室兼宿舍。八九家人搬了进去，拼凑着住下，居然各就各位，也够用了。

朱家祠堂的规模不小，建筑也不算简陋。整座瓦屋盖在嘉陵江东岸连绵丘陵的一个山顶，俯视江水从万山丛中滚滚南来，上游辞陕甘，穿剑阁，虽然千回百转，不得畅流，但一到合川，果然汇合众川浩荡而下，到了朱家祠堂俯瞰的山脚，一大段河身尽在眼底，流势壮阔可观。那滔滔的水声日夜不停，在空山的深夜尤其动听。遇到雨后水涨，浊浪汹汹，江面就更奔放，像急于去投奔长江的母怀。

祠堂的前面有一大片土坪，面江的一边是一排橘树，旁边还有一棵老黄葛树，盘根错节，矗立有三丈多高，密密的卵形翠叶庇荫着大半个土坪，成为祠堂最壮观的风景。驻守部队的班长削了一根长竹竿，一端钻孔，高高系在树顶，给我和其他顽童手攀脚缠，像猴子一般爬上爬下。

祠堂的厚木大门只能从内用长木闩闩上，进门也得提高脚后跟，才跨得过一尺高的民初门槛。里面是一个四合院子，两庑的厢房都有楼，成了宿舍。里进还有两间，正中则是厅堂，香案对着帷幕深沉牌位密集的神龛，正是华夏子孙慎终追远的圣殿，长保家族不朽。再进去又是一厅，拾级更上是高台，壁顶悬挂着"彝训增辉"的横匾。

这最内的一进有边门通向厢房,泥土地面,每扫一次就薄了一皮,上面放了两张床,大的给父母,小的给我。此外只有一张书桌两张椅子,一个衣柜,屋顶有一方极小的天窗,半明半昧。靠山坡的墙上总算有窗,要用一截短竹把木条交错的窗棂向上撑起,才能采光。窗外的坡道高几及窗,牧童牵牛而过,常常俯窥我们。

这样的陋室冬冷夏热,可以想见。照明不足,天色很早就暗下来了,所以点灯的时间很长。那是抗战的岁月,正是"非常时期,一切从简"。电线不到的僻壤,江南人所谓的"死乡下",当然没有电灯。即连蜡烛也贵为奢侈,所以家家户户一灯如豆,灯台里用的都是桐油,而且灯芯难得多条。

半世纪后回顾童年,最难忘的一景就是这么一盏不时抖动的桐油昏灯,勉强拨开周围的夜色,母亲和我就对坐在灯下,一手戴着针箍,另一手握紧针线,向密实难穿的鞋底用力扎刺。我则捧着线装的《古文观止》,吟哦《留侯论》或是《出师表》。此时四野悄悄,但闻风吹虫鸣,尽管一灯如寐,母子脉脉相守之情却与夜同深。

但如此的温馨也并非永久。在朱家祠堂定居的第二年夏天,家人认为我已经十二岁,应该进中学了。正好十里外有一家中学,从南京迁校到"大后方"来,叫作南京青年会中学,简称青中。父亲陪我走了十里山路去该校,我以"同等学力"的资格参加入学考试。不久青中通知我已录取,于是独子生平第一次告别双亲,到学校去寄宿上学,开始做起中学生来。

3

从朱家祠堂走路去青中,前半段五里路是沿着嘉陵江走。先是山路盘旋,要绕过几个小丘,才落到江边踏沙而行。不久悦来场出现在坡顶,便要沿着青石板级攀爬上去。

四川那一带的小镇叫什么"场"的很多。附近就有蔡家场、歇马场、石船场、兴隆场等多处;想必都是镇小人稀,为了生意方便,习于月初月中定期市集,好让各行各业的匠人、小贩从乡下赶来,把细品杂货摆摊求售。四川人叫它作"赶场"。

悦来场在休市的日子人口是否过千,很成问题。取名"悦来",该是《论语》"近者悦,远者来"的意思,蛮有学问的。镇上只有一条大街,两边少不了茶馆和药铺,加上一些日用必需的杂货店、五金行之类,大概五分钟就走完了。于是街尾就成了路头,背着江边,朝山里蜿蜒而去,再曲折盘旋,上下爬坡,五里路后便到青中了。

4

比起当年重庆那一带的名校，例如南开中学、求精中学、中大附中来，南京青年会中学并不出名，而且地处穷乡，离嘉陵江边也还有好几里路，要去上学，除了走路别无他途，所以全校的学生，把初、高中全加起来，也不过两百多人。

尽管如此，这还是一所好学校，不但办学认真，而且师资充实，加以同学之间十分亲切，功课压力适度，忙里仍可偷闲。老来回忆，仍然怀满孺慕，不禁要叫她一声："我的母校！"

校园在悦来场的东南，附近地势平旷。大门朝西，对着嘉陵江的方向，门前水光映天，是大片的稻田。农忙季节，村人弯腰插秧，曼声忘情地唱起歌谣，此呼彼应，十分热闹。阴雨天远处会传来布谷咕咕，时起时歇，那喉音柔婉、低沉而带诱惑，令人分心，像情人在远方轻喊着谁。

校后的田埂阡陌交错，好像五柳先生随时会迎面走来，戴着斗笠。晚饭之后到晚自修前，是一天最逍遥、最抒情的时辰。三五个同学顶着满天彩霞，踏着懒散的步调，哼着民谣或抗战歌曲，穿过阡陌之网，就走上了一条可通重庆的马路。行人虽然稀少，但南下北上，不时仍会遇见路客骑着小川马嗒嗒而来，马铃叮当，后面跟着吆喝的马僮。在没有计程车的年代，出门的经验不会比李白的《行路难》好到哪里去,有如此代步就要算方便的了。有时还会遇见小贩挑着一担细青甘蔗路过,问我们要不要比劈一下。于是大伙挑出瘦长的一根,姑且扶立在地上,说时迟,那时快,削刀狠命地朝下一劈,半根甘蔗便砉然中分,能劈到多长就吃多长。这一招对男生最有诱惑,若有女生围观,当然就更来劲。

以两百学生的规模而言,砖墙瓦顶的挑高校舍已经算体面而且舒适了。这显然曾是士绅人家的深院大宅,除了广庭高厅有台阶递升,一进更上一进之外,还有月洞边门把长廊引向厢房,雕花的窗棂对着石桥与莲池,便用来改成女生宿舍,男生只好止步,徒羡深闺了。

男生宿舍就没有这么好了,隔在第二进的楼上,把两间大房连成兵营似的通舱,对着内院的墙只有下半壁,上半空着,幸有宽檐伸出庇护,不消说冬天有多冷了。冬天夜长尿多,有些同学怕冷恋被,往往憋到天亮。有一个寒夜,邻床的莫之问把自身紧裹在棉被里,像支春卷,然后要我抽出他的腰带,把他脚跟的被角系个密不通风。我虽然比他还怕冷,倒不想采取这非常手段。

夏天更不好过,除了酷热之外,还得学周处除三害:苍蝇、蚊子、臭虫。臭虫之战最有规模,无一幸免。裸露的肉体是现成的美肴，盛暑的晚上正是臭族的良宵。先是有人梦中搔痒，床板在辗转反侧下吱嘎呻吟。继而愤然坐起，"格老子……龟儿子"地喃喃而诟。终于点起桐油灯盏，向上下铺的木架和床板，上下探照，察看敌情。这么一吵，大家都痒醒了，纷纷起来点灯备战，举室晃动着人影。臭虫虽是宵小之辈，潜逃之敏捷却是一流。木床的质料低劣，缝隙尤多，最容易包庇臭族。那些鼓腹掠食的吸血小鬼，六足纤纤，机警得恼人，一转入地下，就难追剿了。于是有人火攻，用桐油灯火去熏洞口，把木床熏得一片烟黑。有人水灌，找来开水兼烫兼淹。如是折腾了大半夜，仲夏夜之梦变成了仲夏夜之魇。

至于六间教室，则是石灰板壁加盖茅草屋顶搭成，乃真正的茅屋。每个年级分用一间，讲课之声则此呼彼应，沉滢不分。如果那位老师是大声公，就会惊动四邻，害得全校侧耳。其实上午上到第四节课时，男生早已饿了，只盼大赦的下课铃响，老师一合书本，就会泄洪一般，冲出闸门。

当然是冲去饭厅了。两间饭厅相通，一大一小，男生倍于女生，坐在大间，女生则坐小间。训导主任则站在中分的高门槛上，兼顾两边。食时不准喧哗，食毕，男生要等女生鱼贯而出，横越而过，沿着长廊，消失在月洞门里。这是全校男生一览全校女生的紧张时刻，有些女孩会在群童瞪瞪的注目下不安地傻笑起来，男孩子则与邻座窃笑耳语。晚餐时，这一幕重演一次，但在解散前另有高潮。只因训导主任惯于此时唱名派信，孩子们都竖直耳朵，热切等待主任的大嗓门用南京口音喊出自己的名字。这时正是三十年代转入四十年代，世界上还没有电视，长期抗战的大后方，尤其在悦来场这种地带，连电话和收音机也都没有，每天能在晚霞余晖里收到一封信，总是令人兴奋的。如果一天接到两封，全校都会艳羡。

记得下午都不排课，即使排了，也只有一两节。到了半下午，四点钟左右吧，便有所谓"课外活动"，不是上体育课，便是赛球，那便是运动健将们扬威球场的时候了。孩子们兴高采烈，挟着篮球，向一里路外的罗家堡浩荡出发。到得球场，两队人马追奔逐球起来。文静的同学与球无缘，也跟去助阵，充当啦啦队，不然就索性爬到树上，读起旧小说或者翻译的帝俄时代名著来。我也在"树栖族"之列，往往却连《安娜·卡列尼娜》也无心翻看，却凝望着另一只大球，那火艳艳西沉的落日，在惜别的霞光与渐浓的暮霭里，颓然坠入乱山深处。

晚自修从八点到九点半，男生一律在大饭厅上。每人一盏桐油昏灯，一眼望去，点点黄晕映照着满堂圆颅，一律是乌发平顶，别有一种温馨闲逸的气氛。喧闹当然不准，喃喃私语、咻咻窃笑却此起彼落，真正在温课或做习题的实在不多。看书的，所看也多是闲书，包括新文学和外国作品的中译，甚至训导主任禁看的武侠小说。写信、记日记的也有。但最多的是在聚谈，而年轻的饥肠最难安抚，所以九点不到又觉得空了，便大伙画起"鸡脚爪"来，白吃的一位就收钱采购，得跑一趟贩卖部，抱一包花生糖、萨其马之类的回来。

大饭厅的外面有一株高大的银杏树，矗立半空，扇形的丛叶庇荫着校园，像一龛绿沁沁的祝福。整个校园的众生之中，他不但最为硕伟，也最为长寿，显然是清朝的遗老，这一户人家的沧桑荣辱，甚至乾隆以来、嘉庆以来的风霜与旱潦，都记录在他一圈圈年轮的古秘史里。记忆深处，晴天的每一轮红日都从他发际的朝霞里赫赫诞生，而雨天的层云厚积全靠他一肩顶住，一切风声都从他腋下刮起。一场风雨之后，孩子们必定怀着拾金一般的兴奋去他的脚下，一盒又一盒，争拣半圆不扁的美丽白果，好在晚自修时放到桐油灯上去烧烤。只等火候到了，啪的一声，焦壳迸裂，鲜嫩的果仁就香热可嚼了。美食天赐的乡下孩子，能算是命穷吗？

5

青中的良师不少，孙良骥老师尤其是良中之良。他是我们的教务主任,更是吃重的英文老师,教学十分认真,用功的学生敬之,偷懒的学生畏之,我则敬之、爱之,也有三分畏之。他毕业于金陵大学外文系,深谙英文文法,发音则清晰而又洪亮,他教的课你要是还听不明白,就只能怪自己笨了。从初一到高三,我的英文全是他教的,从启蒙到奠基,从发音、文法到修辞,都受益良多。当日如果没有这位严师,日后我大概还会做作家,至于学者,恐怕就无缘了。

孙老师身高不满五尺,才三十多岁,竟已秃顶了。中学生最欠口德,背后总喜欢给老师取绰号,很自然称他"孙光头"。我从不附和他们,就算在背后也不愿以此称呼。可是另一方面,孙老师脸色红润,精神饱满,步伐敏捷,说起话来虽然带点南京腔调,却音量充沛,句读分明。他和我都是四川本地同学所谓的"下江人",意即长江下游来的外省人,更俚俗的说法便是"脚底下的人"。我到底是小孩,入川不久就已一口巴腔蜀调,可以乱真,所以同学初识,总会问我:"你是哪一县来的?"原则上当然已断定我是四川人了。孙老师却学不来川语,第一次来我们班上课,点到侯远贵的名,无人答应,显然迟到了。他再点一次,旁座的同学说:"他要一下儿就来。"孙老师不悦说,"都上课了,怎么还在玩耍?"全班都笑起来,因为"耍一下儿"只是"等一下"的意思。

班上有位同学名叫石国玺,古文根底很好,说话爱"拗文言",有"老夫子"之称。有一次他居然问孙老师,"'目'的英文怎么说?"孙老师说,"英文叫作 wood。"有同学知道他又在"拗文言"了,便对孙老师解释,"他不是问'木头',是问'眼睛'怎么说。"全班大笑。

在孙老师长年的熏陶下,我的英文进步很快,到了高二那年,竟然就自己读起兰姆的《莎氏乐府本事》(*Charles Lamb: Tales from Shakespeare*)来了。我立刻发现,英国文学之门已为我开启一条缝隙,里面的宝藏隐约在望。几乎,每天我都要朗读一小时英文作品,顺着悠扬的节奏体会其中的情操与意境。高三班上,孙老师教我们读伊尔文的《李伯大梦》[①](Rip Van Winkle),课后我再三讽诵,直到流畅无阻,其乐无穷。更有一次,孙老师教到《李氏修辞学》,我一读到丁尼生的《夏洛之淑女》(The Lady of Shalott)这两句:

And up and down the people go,

Gazing where the lilies blow...

(而行人上上下下地往来,凝望着是处有百合盛开)便直觉必定是好诗,或许那时缪斯就进驻在我的心底。

---

① 《李伯大梦》:即美国作家欧文所写的《瑞普·凡·温克尔》。

至于中国的古典诗词,倒不是靠国文课本读来,而是自己动手去找各种选集,向其中进一步选择自己钟情的作者;每天也是曼声吟诵,一任其音调沦肌浃髓,化为我自己的脉搏心律。当时我对民初的新诗并不怎么佩服,宁可取法乎上,向李白、苏轼去拜师习艺。这一些,加上古文与旧小说,对一位高中生说来,发轫已经有余了。在少年的天真自许里,我隐隐觉得自己会成为诗人,当然没料到诗途有如世途,将如是曲折而漫长,甚至到七十岁以后还在写诗。

青中的同学里下江人当然不多,四川同学里印象最难磨灭的该是吴显恕。他虽是地主之子,却朴实自爱,全无纨绔恶习,性情在爽直之中蕴涵着诙谐,说的四川俚语最逗我发噱。在隆重而无趣的场合,例如纪念周会上,那么肃静无声,他会侧向我的耳际幽幽传来一句戏言,戳破台上大言炎炎的谬处,令我要努力咬唇忍笑。

他家里藏书不少,线装的古籍尤多,常拿来校内献宝。课余我们常会并坐石阶,共读《西厢记》①《断鸿零雁记》②《婉容

---

① 《西厢记》:元代王实甫创作的杂剧,该剧具有很浓的反封建礼教的色彩,写出了青年人对爱情的渴望。
② 《断鸿零雁记》:该书被誉为"民国初年第一部成功之作",为鸳鸯蝴蝶派的代表小说,作者苏曼殊以第一人称写自己飘零的身世和悲剧性的爱情。

词》①，至于陶然忘饥。有一次他抱了一叠线装书来校，神情有异，将我拖去一隅，给我看一本"禁书"。原来是大才子袁枚所写的武则天宫闱秽史，床笫之间如在眼前，尤其露骨。现在回想起来，这种文章袁枚是写得出来的。当时两个高中男生，对人道还半矇不懂，却看得心惊肉跳，深怕忽然被训导主任王芷湘破获，同榜开除，身败名裂。

又有一次，他从家中挟来了一部巨型的商务版《英汉大辞典》，这回是公然拿给我共赏的了。这种巨著，连学校的图书馆也未得购藏，我接过手来，海阔天空，恣意豪翻了一阵，真是大开了眼界。不久我当众考问班上的几位高材生："英文最长的词是什么？"大家搜索枯肠，有人大叫一声说，"有了，extraterritoriality②！"我慢吞吞摇了摇头说，"不对，是floccinaucinihilipilification③！"说罢便摊开那本《英汉大辞典》，郑重指证。从此我挟洋自重，无事端端会把那部番邦秘笈挟在腋下，施施然走过校园，幻觉自己的博学颇有分量。

另外一位同学却是下江人。我刚进青中时，他已经在高二

---

① 《婉容词》：民国著名诗人吴芳吉代表作。该诗创作于1919年，发表在上海的《新群》杂志上。全诗共90余句，读来荡气回肠，后被列入中学国文教材。
② extraterritoriality：治外法权、领事裁判权、域外裁判权的意思。
③ floccinaucinihilipilification：汉语轻蔑的意思。

班，还当了全校军训的大队长，显然是最有前途的高材生。他有一种独来独往、超然自得的灵逸气质，不但谈吐斯文，而且英文显然很好，颇得师长赏识，同学敬佩。

那时全校的寄宿生餐毕，大队长就要先自起立，然后喝令全体同学"起立！"并转身向训导主任行礼，再喝令大家"解散！"我初次离家住校，吃饭又慢，往往最后停筷。袁大队长怜我年幼，也就往往等我放碗，才发"起立"之令。事后他会走过来，和颜悦色劝勉小学弟"要练习吃快一点"，使我既感且愧。

有了这么一位温厚儒雅的大学长，正好让我见贤思齐，就近亲炙。不料正如古人所说，他终非"池中物"，只在青中借读了一学期，就辗转考进了全中国最好的学府"西南联大"去了。

后来袁可嘉自己却得以亲炙冯至与卞之琳等诗坛前辈，成为四十年代追随艾略特[①]、奥登[②]等主知诗风的少壮前卫。一九四五年抗战胜利，我也追随青年会中学回到我的出生地南京，继续读完高三。那时袁可嘉已成为知名的诗人兼学者，屡在朱光潜主编的《大公报·大公园》周刊上发表评论长文，令小学弟不胜钦仰。

---

① 艾略特：美裔英国诗人、剧作家和文学批评家，诗歌现代派运动领袖。出生于美国密苏里州的圣路易斯。代表作品有《荒原》《四个四重奏》等。
② 奥登：英裔美国人，20世纪上半叶最有影响的诗人之一。

五十二年后，当初在悦来场分手的两位同学，才在天翻地覆的战争与斗争之余，重逢于北京。在巴山蜀水有缘相遇，两个乌发平顶的少年头，都被无情的时光漂白了，甚至要漂光了。

而当年这位小学弟，十岁时从古夜郎之国攀山入蜀，十七岁又穿三峡顺流出川，水不回头人也不回头。直到半世纪后，子规不知啼过了几遍，小学弟早就变成了老诗人，才有缘从海外回川。但是这一次不是攀山南来，也并非顺流东下，而是自空而降，落地不是在嘉陵江口，而是在成都平原。但愿下次有缘回川，能重游悦来场那古镇，来江边的沙滩寻找，有无那黑发少年草鞋的痕迹。

二〇〇〇年五月三日

山东甘旅

春到齐鲁

　　清明节前一星期，我的飞机降落在济南的遥墙机场。邀请我去齐鲁访问的虽然是山东大学，真正远去郊外欢迎的，没有料到，却是整个春天。从机场进城，三十公里的高速公路上，车辆稀少，但两侧的柳树绿荫不断，料峭的晴冷天气，千树新绿排成整齐的春之仪队，牵着连绵的青帐翠屏，那样盛况的阵仗，将我欢迎。那些显然都是耐干耐寒的旱柳，嗜光而且速长，而且绿得天真情怯，却都亭亭挺立，当风不让，只等春深气暖，就会高举华盖，欣欣向阳。

　　从城之东北进入山东大学的新校区，外事处的佟光武处长和刘永波副处长把我安顿在专家楼，就将我留给了济南的春天。

一千年前，济南的才女李清照说："宠柳娇花寒食近，种种恼人天气。"我在山东十天，尽管春寒风劲，欺定我这南人，却是一天暖过一天，晴得十分豪爽。愈到后来，益发明媚，虽然说不上春深似海，却几乎花香如潮了。不，如潮也还没有，至少可以说沦纹回漾。

专家楼外，有几树梨花，皓白似雪，却用淡绿的叶子衬托，分外显得素雅，那条巷子也就叫梨花路。偌大的山大校园虽然还只是初春，已经众芳争妍，令惊艳的行人应接不暇了。桃花夭夭，冶艳如点点绛唇。樱花串串，富丽得不留余地给丛叶。海棠树高花繁，淡红的风姿端庄而健美，简直是硕人其颀。每次从邵逸夫科学馆前路过，我都左顾右盼，看得眼花，无法"不二色"。只恨被人簇拥来去，点指参观，身不由己，无法化为一只蜜蜂，周游众芳，去流留"一花一天国"。

但令我一见就倾心，叹为群艳之尤的，是丁香。首先，这名字太美了，美得清纯而又动听。然后是爱情的联想："青鸟不传云外信，丁香空结雨中愁"，李璟的名句谁读了能忘记呢？丁香与豆蔻同为桃金娘家的娇女，东印度群岛中的马鲁古群岛，即因盛产这两种名媛，而有"香料群岛"的美称。早在战国末期，中国的大臣上朝，就已用丁香解秽。干燥的花蕾可提炼丁香油做香料，也可以入药，有暖胃消胀之功。此花属聚伞花序，花开四瓣，辐射成长椭圆形，淡绿的叶子垂着心形，盛开时花多于叶，簇簇的繁花压低了细枝，便成串垂在梢头，简直要亲人，依人。你怎能不停下步来，去亲她，宠她，嗅她，逗她。

后来我写了《丁香》一诗，便有"叶掩芳心，花垂寂寞"之句，不但写实，也藉以怀念李清照，中国最美丽的寂寞芳心。

初春的济南，到处盛开着丁香，简直要害人患上轻度的花魇，花癫，整天眼贪鼻馋，坐立不安。山大校园里的丁香就有乳白、浅绯、淡紫三种，好像春天是各色佳丽约好了一齐来开园游会，你不知该对谁笑才好。我心里暗暗挑选了紫衣的姹娃，也就是所谓的"华北紫丁香"了。

同为地灵所育，灼灼群芳只争妍一季，堂堂松柏却支撑着千古。从济南的千佛山到灵岩寺，从岱庙到孔庙与孟庙，守护着圣贤的典范，英雄的侠骨的，正是这一排排一队队肃静而魁梧的金刚。荫翳的树影萧森，轻掩着屋脊斜倾的鳞鳞密瓦，或是勾心斗角的椅望屋檐，再往下去，覆盖在横匾与楹联上，或是土红粉白的墙头，或是字迹漫漶的石碑。若是树顶有鸦鹭之类来栖，则磔磔怪号声中更添寒禽古木的沧桑。

跨进寺庙高高的门槛，最先令我瞻仰出神的，往往不是香火或对联，而是这些木德可敬的古树。济南一带气候干燥，一年雨量不过六百七十二毫米，约为高雄的三分之一。我在山东十天，只觉寒风强劲，时起时歇，却一直无雨，松柏桧槐之类的"常绿乔木"，虽然经冬耐旱，不改其郁郁苍苍，却显得有点干瘦，绿得不够滋润。

鲁中寺庙里巍巍矗立的，多半是柏，本地人把它念成"北"。那十天我至少观叹过上千株古柏，其风骨道貌却令人引颈久仰，一仰难尽。那气象，岂是摄影机小气的格局所能包罗？从千佛山到灵岩寺，从孟庙到孔林，那成千上万的木中长老，柏中华胄，哪一树不是历经风霜，饱阅世变，把沧桑的记忆那么露骨地深刻在糙皮上面？朝代为古柏纹身，从蟠根到盖顶，顺着挺峻高昂的巨干，一直削上天去，像是凿得太痛，苍老而坚毅的霜皮竟都按着反时钟的方向朝上面拧扭，回旋成趣。

岱庙里有五株汉柏，传说是当年汉武帝来泰山封禅，亲自手栽。耿耿汉魂，历劫犹健，但毕竟是两千多岁了，杈丫的枝柯早已炭化，霜皮大都剥落，只靠残余的片段向古根汲水，去喂顶上虬蟠的苍青。问它们建元的往事，问张骞和苏武几时才回国，古木穆穆，只鸦啼数声便支吾了过去。

古庙古宅里的匾联碑志，像历史的散简断编，但逐一读去又苦其卷帙浩繁，字迹难辨。读累了，我宁可仰观古树，或摩挲树身，从淡淡的木香里去辨认古人的高标与清誉。屹然峭起的古柏，刚劲的巨干如柱，把虬蟠纵横的枝柯和森森鳞集的细叶，挺举到空际去干预风云。这些矍铄自强的老柏，阅历之深岂是匆促的游客能望其项背？喋喋不休的导游小姐，只像是绕树追逐的麻雀罢了。那许多秦松汉柏，满腹的沧桑无法倾诉，

/ 一眨眼，算不算少年 一辈子，算不算永远 /

只能把霜皮拧扭成脾气，有些按捺不住，竟然发作成木瘤满身，狞然如峥峥的怪兽，老态可惊。

泰山上的五大夫松，相传是因秦始皇在树下避雨而受爵，比起汉柏虽然更老，却不如汉柏长寿，早在明朝就被山洪冲走，要到康熙年间才加补植，现在也只剩下两株。

古来松柏并称，而体态不同。大致而言，柏树挺拔矗立，松树夭矫回旋。譬之书法，柏姿庄重如篆隶，松态奔放如草书。泰山上颇有一些奇松，透石穿罅，崩迸而出，顽根宛如牙根，紧咬着岌岌的绝壁，翠针丛丛簇簇，密鳞与浓鬣蔽空，黛柯则权丫轮囷，能屈能伸，那淋漓恣肆的气象，简直是狂草了。

杜甫的《古柏行》说古树"霜皮溜雨四十围，黛色参天二千尺"，不过是修辞的夸张。就算加州海边的巨杉，俗称红木者，最高拔的也不过三百六七十英尺。加州海边的怪松，天长地久，被太平洋的烈风吹成蟠屈百折的体态，可称"风雕"，而以奇石累累为其供展的回廊，神奇也不下于泰山之松，只可惜奇石怪松独缺名士品题，总觉得有景无句，不免寂寞。所以山水再美，也需要人文来发挥，需要传说来画龙点睛，才算有情。

泰山一宿

四月二日我在山东大学对五百多位师生演讲，是这样开始的："访问山东,对我来说,实在是一程文化甘旅。能站在黄河与泰山之间,对齐鲁的精英,广义上也是孔丘与孔明的后人,诉说我对于中文的孺慕与经营,真是莫大的荣幸。"

三天之后,正逢清明,我终于登上了泰山。

能登泰山,总是令人兴奋的,不是因为它海拔之高,而是因为它地位之高,也不是因为它磅礴之广,而是为了它名气之大。

东岳泰山,论体魄之魁梧,在五岳之中只能算第三,一千五百二十四米的海拔,不过略胜中岳与南岳。即使未列五岳的黄山,也高它三百多米。不过山能成名,除了身高之外,还要靠历史、神话、传说等等来引发想象、烘托气氛,才能赋风景以灵性,通地理于人文。所以刘禹锡说:"山不在高,有仙则名。"例如欧洲第一高峰,高加索山脉的厄尔布鲁士峰(Mt. Elbruz),高达五千六百四十二米;西欧的尖顶,白峰(Mont Blanc),海拔也四千八百零七米;都比希腊的奥林匹斯山(Mt. Olympus,二千九百一十七米)高出许多,可是奥林匹斯,众神的家乡,宙斯的宫廷,却更加动人遐想。

所谓华北大平原,东面止于沧海,其他的三面从燕山到太行山,从桐柏山、大别山、黄山到天目山,众岳如屏,连成了千里的陆障,中间几乎全是平野,任凭远来的长江大河悠悠入海。几乎全是,除了泰山。似乎有意腾出一整幅空旷,来陪衬这东岳的孤高,唯我独尊,像纸镇一样镇压着齐鲁。又像是一块隆而且重的玉玺,隆重地盖在后土之上,为了印证她是所有帝王的版图:所有帝王,不仅是秦皇与汉武。

《史记》引管子的《封禅篇》说古来上泰山封禅的帝王,有迹可见者凡七十二位,其后陆续封禅者,从秦始皇、汉武帝、唐玄宗一直到康熙、乾隆,更相承不衰。封,是筑土以祭天;禅,是扫地以祭地。凡是自认"受命于天"的帝王,都觉得有必要郑重其事地来登这显赫的地标祭告天地,宣示他正统的权威。

泰山为五岳之尊,因为它是东岳。易经以震卦代表东方,《说卦》指出:"万物出乎震。震,东方也。"东方是太阳所出,春天所由,自然是万物所生,功同造物。又指出:"震一索而得男,故谓之长男。"至于南方的离只得中女,西方的兑只得少女,北方的坎也只得中男,所以泰山成为众岳之长,峰顶刻立"五岳独尊"的石碑。

在中国哲学里泰山占了如此的优势,难怪历代帝王都要东巡来此,祭祀天地,所以泰山也成了政权继承的阳刚图腾。政教相辅,儒家和道家的宗教景观相互辉映,从山下的泰安城一路攀登到山顶。从平地的神府岱庙到山顶的碧霞祠、青帝宫、玉皇庙,多为道观,但中途的普照寺、斗母宫却是佛寺,而红门宫则释道合一,并祀弥勒佛与碧霞元君。至于儒家文化,则登山起步不久就有坊门巍巍，纪念孔子当年登临故事，到了玉皇顶前又有孔庙。

峨峨岱宗，中华历史、宗教、文化的一大载体，不愧为人文气象最恢弘的名山。而载体的本身，众山罗拜，群峰簇拥，阴阳一割，神秀独钟，更为人文的价值提供了宏观壮丽的场景。就像一座纪念堂，鬼斧神工，本身已经是美的一大存在，更无论它所珍藏的纪念品了。泰山正是如此：几千万年以前，伊神之力，把燕山一推，又把喜马拉雅山一挤，就捏出了皱成这么一大堆的岱宗，至今历齐鲁四百里方圆，青犹未了。几千年前，伊人之功，把泰山之石切割成形，有的立坊，有的盖庙，有的铺路，有的造桥，更幸运的一些就刻成历代的碑文，或篆或隶，或行或草，人怕忘记的，都交给顽石去深刻保存，风霜去恣意摧毁。

泰山地位如此崇高，经过历代名士题咏，名气更加响亮，甚至常见于成语，成了崇高、重大、安稳的象征。占了地利，儒家的至圣与亚圣每当用喻，辄就近取材，你一句"登泰山而小天下"，我一句"挟泰山而超北海"，就把自己的"家山"愈炒愈热。最有趣的是李斯，在《谏逐客书》中对秦王如此进言："泰山不让土壤，故能成其大；河海不择细流，故能就其深。"李斯是楚人，举高山为喻却推齐鲁的泰山。他当然不便推举楚山，但对秦王上书，却也不举华山，甚至境内更高的终南山或太白山。那时秦王尚未一统天下，东巡泰山，不过前代的帝王从伏羲、神农一直历尧舜而禹汤，传说都封过泰山，已成传统。李斯不说泰山高，而说其大，乃强调其"博大有容"。

古人要登泰山，是一件大事，不但费力，而且费时。若是天子登山封禅，那排场就大了。马第伯的《封禅仪记》述后汉光武帝于建武三十二年车驾东巡，正月二十八日从洛阳出发，二月九日才到曲阜。两天后抵泰安，派了一千五百人上山修路，再过三天，天子、诸王、诸侯及百官才斋戒。次晨正式登山，山道峻险，不时要牵马步行，上行二十里才到中途，更得留下马匹，辛苦攀登。陡径窄处，两边石壁相隔只五六尺。早餐后起步，下午五点多才抵天门。

这是公元五十六年的盛典。一千七百多年后，乾隆三十九年十二月二十八日，也是隆冬之际，姚鼐在泰安知府朱孝纯陪同下，由南麓登岱。事后他在《登泰山记》里说："四十五里，道皆砌石为蹬，其级七千有余。"这情况比汉代已方便不少，跟今日的条件接近了。

不过姚夫子走的是泰山西路，沿西溪即今黄西河的山径，过凤凰岭山脊到中天门，再左转登峰造极。今日的登山者多从岱宗坊起步，一路循着泰山中路，经红门宫、斗母宫、柏洞而达中天门，再与西路会合，经五松亭、十八盘而抵南天门，玉皇顶便在望了。

如果由中路徒步上山，岱庙到玉皇顶的垂直海拔虽为一千五百四十五米，实际爬坡的脚程却有九千米，即九公里。常人要步完全程，得跨六千六百六十级蹬道，约需六个小时。

我登泰山，既非踵武姚鼐之西路，也非效法国彬之正途，而是避重就轻，半途起步，简直愧对东岳之神。这恐怕要怪山东大学校方低估了我的"健步"，安排行程，到半下午才开始登山。四月五日，正是清明节当天，山大外事处的夏建辉先生与中文系的孙基林教授陪着我存、幼珊与我，上午参观过孟庙，便从邹城北上，中午在泰安接受了山东科技大学的午宴，餐后又去岱庙巡礼，一直到下午三点，才左盘右旋，沿着黄西河一路乘车上山，直达中天门。

中天门海拔逼近千米，坡道已过了五公里半，早已超越半途了。下得车来，凛冽的山风就撞了个满怀，寒意直袭两肘，像山神喝一声口令，警告你，东岳的地段到了。不由你不倒抽一口冷气，周身的汗毛警戒了起来。

再往上就没有车道了，背包和提袋必须随身携带。五个人就又背又拎地踏着黄土，向西侧的凤凰岭走去，不久就到了索道起站。索道建于一九八三年，连接中天门与南天门，全长二千零七十八米，垂直距离六百零三米，单程只需八分钟。由于运客是往复方式，车厢到站只是减缓，并不停定，乘客上车必须敏捷，所以会紧张失笑。

刚刚坐定,笑声还未停,车厢忽然凌空而起。五人齐发低抑的惊呼,有一起从悬崖跳水的幻觉。那么大一整座山岳,横岭侧峰,忽然从我们脚下给抽走,无依无凭,我们竟白日升天,乘在同一片云上,要飞到,咦,哪里去呢?透明的立方云阁外,由于琉璃的长窗紧闭,隐隐只传来天风呼啸,似乎大块在暗暗转轴,此外,群峰都寂寂,不像有什么异样。不过做八分钟的仙人罢了,本来值不得大惊小怪。于是一切都置之度外了,不觉得是飞着,倒像是在浮游嬉戏,带笑相看,都感到幸福非凡。可怕的秦始皇啊,蜂眼眈眈,当年远途跋涉来登山,如果能看到我们此刻的逍遥,又何苦去蓬莱求仙求药呢。这么想着,上面那翘首天外的月观峰,原本只让我们仰窥其下颔的,竟已朝我们转过脸来。那许多傲然的山头,大大小小,都转过了脸,低下了头来。索道到站了。

返仙为凡,再下车时,天风迎面捆来,高处果然寒不可胜,比刚才的中天门显然又低了几度,只有七八度的感觉。加上天阴风劲,东岳果然不可儿戏,大家纷纷加衣,我在厚袄外面更戴上呢帽、围巾,披上大衣,顶风前进,仍觉寒意袭脊,呼吸紧张。

淡赭带灰的城楼侧影,鸱尾隐隐,南天门近了。这里是中天门仰攀的目标,有名的十八盘天梯到了顶级,汗尽的山客到此才苦尽甘来,可以回头一笑了。比起十八盘严苛的折磨来,此去玉皇顶的登天坡道几乎像坦途了。我们的五人行，避重讨巧，以八分钟的逍遥游代替了八十分钟的鲁道难，似乎是聪明之举，但平白放过了机会，未能徒步登山，向东岳致敬，却不甘心。

过了南天门便是天街，游客便多了。靠山的一边是旅馆与商店，人气显得颇旺，不下于城里的闹街。但山壁下面却是众峰簇拥，涧谷深幽，地老天荒的一片沉寂，偶尔几声鸟叫，填不满万古的空山。向晚的荫翳已有些暮意，云正从谷间层层升起。两百多年前，姚鼐在游记里曾说，泰山土少面石多，石状少圆面多方，石色苍黑；又说树多为松，生于石罅，其顶皆平。今日的东岳仍然如此，南天门一带的花岗巨岩，层层相叠，灰褐之中透着锈赭，倒像是一位喜欢整齐的山神堆积木一般地理过。山东此行，在千佛山与灵岩寺所见也如此，灵岩寺后的石山高耸而方正，俨然像一座城堡，令人过目不忘。

但此刻令我们注目的，却不是山，而是人。踏在岱宗魁伟的肩上，俯瞰只见群山朝岳，磊磊错杂着嶙嶙的背后仍然是峥峥，郁郁苍苍，历齐鲁而未了，而收拾不了。不识法相，只缘身在佛头的颏下。登临到此，果真就能把世界看小吗？反倒是愈看愈多，愈多愈纷繁，脚下凭空多出一整盘山岳：我们算什么呢，竟敢僭用这么高的"看台"、这么博大的"立场"？

反倒是这天街上迎面走下坡来的人里，似乎有不少军人，一时只觉得满目苍苍,都是又长又厚的军用大衣,一片草绿的底色上闪耀着金色的排钮,披着深棕色的翻领,令人幻觉这高处像有个兵营。难道泰山顶上是什么边关要塞吗?

"哪来这许多解放军呢?"我转身向扁圆贝雷黑帽下瑟缩的我存,带着些微惊疑说道。

"我也觉得奇怪。"她说。

"平地好暖,山上却这么冷!"紧裹在火红风衣里的幼珊,顶着削面的天风诉道。

在前面领路的建辉与基林,这时走了过来,把她们手上的提袋接去。

"没问题吧?"建辉笑笑打量热带远来的三个山客。他身材健硕,无畏风寒,甚至把大衣挂在臂上,备而不用,俨然余温可贾。他见基林没带大衣,便要借衣给基林。基林虽然脸给吹得通红,却表示没有必要。

"已经到了。"基林说着,一面为我们指点,"右手这一座是碧霞祠,上面,便是我们今晚住的神憩宾馆。"

从月观峰过南天门,再踏陡斜的磴道到玉皇顶,不过七百五十二级,可是地藏菩萨在下面扯后腿,凛凛天风在上面呼应,却也脚酸了,到后来,每提一步,就像要跨高高的门槛。回顾来路,已经半陷在暮霭里,并不觉得自己终于修成了神仙,却需要好好休憩一夜了。

临睡前建辉提醒大家：要看日出，五点整就得起身。

入夜后气温更低，但十点一到，旅馆就把暖气关了，也没有热水可用。我存和幼珊母女平常就惯于早睡，这时也顾不了厚被褥有多阴湿，就专心一志上了床，去追求冷梦了。

我却有些不甘。夜宿泰山，竟然在这高贵的绝顶抛下了一整座空山的仙人与古人、传说与轶事，那许多飞瀑、奔溪、盘道、绝壁，绝壁上危攀不坠的蟠蟠孤松，抛下了满山满谷的顽石、灵石，石上刻画的成语、名句、隆重其词的纪铭，只为了早睡早起，去看一眼未必能睹的日出？

我戴帽披衣，推门而出，把自己交给泰山的春夜。呼喝的天风迫不及待把我接了过去，除此之外，四周的夜色一片岑寂。神憩宾馆前的旗杆上，只有长索在风中拍打着高杆，杆顶的天空飘着阴云，时疏时密，一轮未满的冷月出没其间，半明不昧的有一点诡魅。这才记起今夕何夕，竟是清明之夕。一念既动，又加风紧，徘徊了不久，就回去睡了。

但也睡不了多久，五点不到又再起床。对房的建辉与基林也起来了。大家都在衣橱里找到了那草绿色的军大衣，穿上了身。原来那是旅馆的标准配备，因为山顶比人间总是要低七八度，尤其是十二月到翌年三月，山上的气温恒在零下。现在虽已四月，山顶也只有六度，比下面的泰安市足足低了八度。

众人戎装相对，怪异加上臃肿，互相指笑了一阵。连昨天逞勇的建辉与基林也都武装了起来，足见凌晨的酷寒不可儿戏。更糟的是建辉的苦笑，说外面已下雨了。

果然劲风策细雨而来，凌晨的寒湿里，早有人影走动。不久山脊上的拜日族愈聚愈多，人声呶呶起落，向东边的日观峰蜿蜒而行。天地间惟我们在蠕蠕爬行，只为及时去朝拜东海的日出。天色幽昧，像罩在半球暗紫的大蛋壳之内，苦待太阳的血胎娠满，啄壳而出。

清明节日出，应为五点三刻。才五点半，拱北石四周早攀满了人影，大半是成双或呼群而来，有些登上危岩向东窥望，有些踱来踱去，有些则镁光闪闪，照起相来。但大家心里都在奢望，从茫茫的雨雾深处，从蓬莱仙岛的方向，徐福带六千童男女一去不返的烟波里，比一切传说更古老一切预测更新的，那太阳，照过秦皇与汉武汉光武，照过唐玄宗与清圣祖，还有处处不放过题诗也算是一种不朽的那乾隆，奢望它此刻能排开一重重传说一页页历史，用它火烫的赤金标枪射我们苦盼的眼瞳，给我们永生。因为人上人下，千古兴亡，此刻正轮到我们在岳顶见证永恒，见证刹那的永恒。因为此刻该我们来小天下。

雨虽停了，天也晓了，却未破晓。暗紫色的诡秘天帷转成了灰蒙蒙的雨云，除了近处的玉皇庙瓦顶俨然还盘踞在天柱峰头，远山深壑都只有迷茫的轮廓，也不闻鸟声、泉声。登泰山而小天下乎？不但看不到日出，也看不见天下，连泰山也几乎看不见了。

"孔夫子的豪语变成了空头支票。"我只能苦笑。

"我以前来过，也没见日出。"基林说。

"我也没见到。"建辉以地主的口气安慰我们，"泰山山高雾重，看日出得碰运气。"

"泰山日出没看成，黄河总看得到吧？"我说。

"那当然，黄河跑不掉的。"建辉笑起来，"最后一天会带你们去看黄河。"

拜日族渐渐散了，我们的五人行也就走回旅馆，准备下山。

基林转头安慰我存与幼珊："日出虽然没看成，山顶的题字刻石还是值得一看的，尤其是一千两百年前唐玄宗的《纪泰山铭》，不但碑高、文长，而且书法遒劲，是隶书的珍品。"

我们站在几近四层楼高的《纪泰山铭》下，仰瞻这盛唐盛世的宏文，直到气促颈酸，有点像蚂蚁读大字典般吃力。严整的成排金字在花岗绝壁上闪着辉煌，说的是开元十四年的事。那一年杜甫才十四岁，杨家的女儿还没有长成，《长恨歌》的作者还没有生呢，谁料到渔阳的鼙鼓会动地而来？

我把这感想告诉基林与建辉。

"渔阳鼙鼓还早着呢，那时唐朝还稳如泰山。"建辉说得大家都笑了。

"这满山的碑文、对联、题字，多得像一本字典，简直读得人眼花缭乱——"我存叹道。

"可是乾隆皇帝还没题过瘾呢。"我说,"你要是看到有趣的,怕记不住,就拍下来呀。"

"刚才经过的一块大石头,刻了'丈人峰'三个字,好像跟泰山有关系的。"幼珊说,"可是记不得了。"

"好像跟唐玄宗也有关系。"基林说。

"不错,是有关系。"我说着,取出袋里的一本泰山手册,翻了一下,"典出《酉阳杂俎》,说是开元十三年,也就是《纪泰山铭》的前一年,玄宗封禅泰山,把三品以下的官都升了一级。封禅使张说却把自己的女婿郑镒从九品径升到五品。玄宗见郑镒穿了大红官服,趾高气扬,怪而问之。郑镒答不出来。伶人黄幡绰在旁代答说:'此泰山之力也。'其实伶人所指是郑的岳父张说。后人称岳父、岳母为泰山、泰水,或即由此而来。至于岳父之称,也是由于泰山乃五岳之尊。当时这位封禅使张说能诗擅文,是中宗、睿宗、玄宗的三朝贤臣;玄宗封禅泰山,就是纳张说的倡议,事后更升他为尚书右丞相兼中书令,又命他撰写《封禅坛颂》,刻于泰山,也就是我们头顶这篇《纪泰山铭》的宏文了。"

青铜一梦

济南的"济"不能读"祭",要读"挤",当地人都是这么读的。城在济水之南,故名济南。济水的"济"应读上声,和"济济多士"一样。城南有千佛山,古称历山,所以济南又称历城,或是历下。同时济南多泉,包括趵突泉、珍珠泉、黑虎泉等,共有七十二处,因此又号泉城。

也因此,一九九八年七月济南在市中心开辟了一个多元用途的大广场,就命名为泉城广场,而且施工神速,翌年十月就完工了。广场东西长七百八十米,南北宽二百三十米,占地二百五十亩,隔着泺源大街可以远眺背负南天的历山,气象恢弘;站在三十八米高的泉标之下,似乎可以感到山东的脉搏。那泉标的造型由两股青泉从地下喷薄而出,把一个滚圆的银球,若即若离,像一颗飞溅的水珠捧在掌中,其状隐隐含着古汉字"泉"的篆体变形。

广场的东端有不锈钢塑成的十二瓣巨型荷花,瓣尖翘起,妩媚中含有活力,灯亮时一片红艳,溅出音乐喷泉。荷池与泉标遥相呼应,印证了济南处处涌泉,满湖荷香,以泉育荷的生机活力。

以荷池为心画一个大圆,有实有虚,东边的一百五十度长弧就落实在庄严的文化长廊。这三十六根石柱擎举的气象,长一百五十米，宽十六米，坐东朝西，是我在山东所见最有深意、最为动人的现代建筑。三层楼高的空阔廊道上，每隔十米供着一尊山东圣贤的青铜塑像，连像座有二人之高。十二尊塑像由南而北，依年代的顺序排列。

第一位是大舜。像座上刻的金字说明是："约前二千年前，龙山文化时代华夏之王虞舜，生于诸冯（诸城），耕于历山（济南），渔于雷泽（菏泽），经万民拥戴，尧禅予王位。"大舜的铜像袍带简朴，只有头上戴着无旒之冕，算是延冠吧。司马迁听人说舜目重瞳，项羽亦然。铜像太高，面影深褐，我无法逼近细看，不知道雕塑家有没有刻意加工。古代圣王之中，虽然尧舜并称，最动诗人遐想的还是舜，只因传说"舜南巡，葬于苍梧，尧二女娥皇女英泪下沾竹，文悉为之斑"。所以湖南的斑竹又名湘妃竹。这美丽的爱情感动了无数诗人，虽是传说，却宁信其有。前年我在湖南，李元洛、水运宪导游君山，曾见此竹，确有斑痕，但枝瘦叶少，并不怎么美，据说是多情游客，好事攀折的结果。尽管如此，一点点的传说总能激动一整个民族绵绵的诗情。也难怪杜甫在长安登塔，竟然向千里之外"回首叫虞舜，苍梧云正愁"，而李白在洞庭的船上要叹"日落长沙秋色远，不知何处吊湘君"。中国的千江万河，有哪条比潇湘更动人愁情呢？李群玉句"犹似含颦望巡狩，九疑如黛隔湘川"，说的正是舜葬之地。四千年前的淹远圣王，身后还长享如此的风流余韵，真是可羡。

下一位我以为是孔子了，却是管仲。应当如此，管仲是兴齐之能臣，桓公能成就春秋的霸业，全赖管仲。其人是一位务实的政治家，"以区区之齐，通货积财，与俗同好恶"，用现代的说法，就是发展经济，顺应民心。《管子》一书的名言"仓廪实而知礼节，衣食足而知荣辱"，强调的正是民生重于意识形态，也就是先专后红，应为今日大陆的"硬道理"吧。

像座上如此简介管仲："（前六四五年卒）名夷吾，字仲，春秋初期政治家，在齐国推行新政，帮助齐桓公成为春秋时代第一个霸主。"

第三位才是孔丘，像赞曰："（前五五一年至前四七九年）字仲尼，鲁国（今曲阜）人，伟大的思想家、教育家、政治家，儒家的创始者，被尊为'至圣先师'。"孔子比管仲晚生了一个多世纪，但说过一句名言，盛赞管仲"微管仲，吾其披发左衽矣！"想起这句话，我不禁一瞥孔子，衣襟当然还是向右遮盖的。其实长廊上的十二尊人物，包括李清照，衣襟全都右衽。夫子绝未料到，两千多年后的子孙已经无所谓左衽或右衽，而是学了"西夷"，对襟中衽了。

仲尼对于仲父（桓公尊称管仲）的评价，有褒有贬。子路与子贡责备管仲未能为公子纠死节，孔子却为之辩护，说"管子相桓公，霸诸侯，一匡天下，民到于今受其赐"，乃是大仁，原就不必像匹夫匹妇一般拘于小信。但另有一次孔子又指出管仲器识太小，不知节俭，也不知礼。等于说管仲造福人民，却疏于修身，立功有之，未见立德。

至于孔子的相貌，郑人曾对子贡如此形容："其颡似尧，其项类皋陶，其肩类子产，然自腰以下，不及禹三寸，累累若丧家之狗。"事见《史记》的《孔子世家》，实在有点不伦不类，而且隔了千年，谁又见过尧和皋陶呢？

……

紧接孔子之后的是孙武，像赞是："（前五〇六年左右）字长卿，齐国人，春秋末期兵家，著有《孙子兵法》，此书为古代中国最杰出的兵书，影响于后代及全世界"。他与孔子同时，曾佐吴王阖闾破楚，所以有吴孙武之称。其实他和孙儿孙膑，另一位著名兵家，都是山东人。铜像目光冷峻，神情威严，似乎正在运筹帷幄，决胜于千里之外。幸好是千里之外，也许是隔江在遥窥楚阵吧，所以竟未察觉我这名间谍正在他脚下近窥，窥探他左腰佩着宝剑，而右手却握着一捆竹简，想必就是《孙子兵法》吧？铜像褐影深沉，兵书却金光闪亮，可见游客都和我一般摩挲，恨不得偷窥十三篇里的机密军情。

不同于孔丘与孙武，下一尊铜像塑的是赶路而来的墨翟，摩顶放踵，为了救一座危城，也许已赶了三天三夜的急路，还有漫漫的长途待赶。像座上是这么两行："（约前四六八年至前三七六年）鲁国人，春秋战国之际思想家、政治家，墨家创始者，有《墨子》传世。"

墨翟反对儒家的天命观念，乃倡非命；又反对儒家的礼乐教化与缙绅身份，乃倡非乐、节用、节葬，同时针对儒家的爱有亲疏、诸侯的杀戮无度，更强调兼爱与非攻。但是他太强调克制与苦修了，竟然要求从者对待音乐要不唱不听，而对待丧事不得衣衾入殓，庄子也说他不近人情。

不过墨翟这种淑世利人的大爱，还是很高贵的。且看像座上匆匆赶路的这辛苦老者，他不像管仲、孔丘那样长绅垂腰，也不像其他的铜像那样长袍覆履。看他，短褐紧裤，头上无冠，足下草鞋，左脚刚刚跨出，右脚就要跟进，背着布袋与斗笠，风尘仆仆，只为了赶去远方解围或助守。春秋乱世的野路上，席不暇暖的岂独是孔夫子呢。不久草鞋破了，脚底伤了，他就得撕衣裹足，再上征途。

墨翟后面紧接着孟轲，墨死之年孟已四岁，墨生之年，孔子才去世十一年。墨子一生正好介于至圣与亚圣之间，也可见他有多长寿。他辛苦了一辈子，竟然活到九十二岁，不知道是否因为多用体力而生活单纯，且又克制感情，不妄动怒？

孟子同样得享高龄，同样不畏劳苦与挫折，因为他怀抱了至高的使命感。他立足的像台上刻着："（约前三七二年至前二八九年）名轲，字子舆，邹（今邹县）人，战国时期思想家、政治家、教育家,儒家尊为'亚圣',著有《孟子》。"亚圣之可贵,是在孔子的仁后再加上义,强调义无反顾,又强调个人的自信与自尊,认为"万物皆备于我""圣人与我同类""当今之世,舍我其谁也",认为浩然之气"至大至刚,塞于天地之间",认为"富贵不能淫,贫贱不能移,威武不能屈,此之谓大丈夫"。孟子真是儒之勇者,无怪下笔浩气淋漓,可惜这种气象雕塑家实在难用青铜来展现。

孟子之后四百七十年而生诸葛亮,像台上是这么赞的:"(一八一年至二三四年)字孔明,琅琊阳都(今沂南)人,三国蜀汉政治家、军事家。"诸葛亮是家喻户晓的传奇人物,美名昭昭辉映在青史,锦囊妙计的军师形象却神出鬼没于稗官野史。俗话说得好:"三个臭皮匠,胜过一个诸葛亮。"可见有多么深入人心。不过在众人的印象里,他却是南阳人,也就是湖北襄阳人,迄今襄樊的南郊还保存了他隆中的故居。这印象是诸葛亮自己留下的,《出师表》里就说得很明白:"臣本布衣,躬耕于南阳。"也难怪刘禹锡会在《陋室铭》里提到"南阳诸葛庐,西蜀子云亭"。原来诸葛亮早孤,由叔父诸葛玄照顾,叔父在袁术手下做官,所以把他带去了南阳。

孔明隐居在隆中时,常自比于管仲、乐毅。如果他知道,有一天自己的铜像会和管仲的并列在这轩敞的名贤堂上,供齐鲁的子孙,供全世界的游客同来瞻仰,一定会十分快慰吧。

其实并列之荣，未必是孔明沾管仲的光。毋宁，我更爱的是孔明。首言立功，则管仲相齐，成就了桓公的霸业；孔明相蜀，不但北伐无功，甚至未能挽救亡国的命运。可是管仲命好，既有鲍叔牙力荐于前，又有桓公倚重于后，明君贤臣相得达四十年之久，而且君比臣寿，还晚死两年。反观孔明，虽然也有徐庶美言，刘备推心，君臣的缘分只得十六年，而先帝托付给他的是这么一个扶不起的阿斗！次言立德，则管仲虽然造福了国家，操守似乎还有争议。孔子就指责他不俭而又失礼，因为他有三个公馆，而屏风与酒台的设备也僭用了国君的排场。这当然都不是什么大过，但比起孔明的鞠躬尽瘁，累死军旅，且又一生清廉，随身衣食，悉仰于官，自谓死日内无余帛，外无赢财，这样高贵的人格来，还是不及。再言立言，《管子》一书自有其贡献，但内容庞杂，又疑伪托。《诸葛氏集》惜已失传，但是《出师表》前后两篇虽无意藻饰文采，而字里行间自然流露的对先帝的感念，对国家的忠忱，拳拳耿耿，自古至今不知感动了多少读者。孔明在文末终于悲从中来，坦言"临表涕泣，不知所言"。普天下的读书人，读到此处，又有谁不是临表涕泣呢？而最可悲的却是：最该感动的一个人，当初受表的那位昏君，竟然没有真正感动，真正彻悟。

《三国演义》我只在读中学时念过一遍，但那些英雄豪杰我一直记得，非大江滔滔所能淘尽。而最难忘的就是孔明，在罗贯中的章回里我看见的是一位隐士、一位贤臣、一位智者，能舌战群儒，一位神机妙算的军师，能辅佐明主，指挥骁将，必要时更能设计木牛流马，甚至呼风唤雨，撒豆成兵。在我小时，哪一个男孩不敬佩、敬爱这位神人呢？《三国志》里的诸葛亮则纯然是一个历史人物，过于简洁，只能远观正面。真正的诸葛亮，为了报答先主，复兴汉室，不惜食少事繁，肝脑涂地，以身相殉，这种宏美崇高的人格，只有在《出师表》里，用他自己真情实感的声音，才能呈现。每次我重读此文，都不禁"临表"泪下。也难怪陆游要赞叹："出师一表真名世，千载谁堪伯仲间？"而杜甫更仰之弥高，奉为"万古云霄一羽毛"。

抬头再望那尊铜像似乎有灵附体，正戴着青丝编织的纶巾，右手握着羽扇，果真是风神俊朗，指挥若定，只是左手深藏在袖里，恐怕是在掏锦囊妙计吧？

再下一位是王羲之。印象中他似乎是浙江人，因为他那篇《兰亭集序》太有名了，而那次盛会是在山阴，毕竟他是东晋南渡的人物。其实他也是孔明的同乡，像座上这么刻着："（约三二一年至三七九年）字逸少，琅琊临沂人，东晋书法家，其《兰亭序》《十七帖》等书迹刻本甚多，人称'书圣'。"他写的这篇《兰亭集序》不但是散文小品的杰作，传诵至今，而且当时曲水流觞，微醺运笔，逸兴淋漓，若有神助，那书法更是遒媚潇洒，有"天下第一行书"之誉，传阅至今。更神秘的是，初唐以来，就再也无人亲睹过真迹。原来唐太宗探悉原帖落在辨才和尚手里，就派萧翼骗取过来，复命赵模、冯承素等勾摹数本，分赐亲贵近臣。至于真迹呢，对不起，舍不得任它流落世间，据说就随太宗殉葬，入了昭陵。所以此帖还不能说是"传阅"至今，只能算是"传闻"罢了。真迹既随作者作古，渺不可即，自然更加名贵，"书圣"似乎变成了"书神"。

就这么，一千六百年前的一场盛会，任右军的右腕恣意运转，顷刻竟成了永恒。想当日在山阴，良辰美景，群彦咸集，当真是四美齐具，二难并兼，正在仰观宇宙之大，俯察品类之盛，敏感的王羲之，乐极生悲，却痛惜生命之短，"临文嗟悼，不能喻之于怀。"而我们这些廊上过客，也正是王羲之序末所期待的"后之览者"，岂能无感于斯情、斯文？

眼前的铜像宽袂长带，临风飘然，是永和九年水上吹来的惠风吗？书圣举着右手，五指似握笔之状，头则向左微昂，不知是在仰观宇宙，还是想起了晚餐有肥鹅。其实雕塑家何不让饕餮客抱一只鹅呢？

十米之外，另一尊铜像倒没有空着手，而是右掌托穗，左手握秸，正捧着一把丰年的稻米。黑底金字的像座告诉我们："贾思勰（五四〇年左右）益都（今寿光）人，农学家，著有《齐民要术》，而知名于后世。"

真是惭愧，这名字我从未见过，不过倒很配一位农业家，因为他一再把"田"放在心上,又再三在"田"边出"力"。我存和幼珊也走过来看他手里捧的是什么,又看像座上的说明。建辉和太太周晖倒是知道一些,你一句我一句,就拼出一张简图来。

"他做过高阳郡的太守,当然是咱山东人。"建辉说。

"那《齐民要术》讲些什么呢?"我存问。

"主要是记载黄河流域的农作物啦,蔬菜啦,瓜果啦,该怎么培栽,家畜、家禽该怎么饲养之类。"周晖说。

"还有农作物如何轮栽,果树如何接枝,树苗如何繁殖。"建辉也不甘示弱。

"还有呢,"周晖笑起来,"家禽、家畜要怎么阉割,怎么养肥。"

大家都笑了。

在第十尊铜像前,大家不约而同都聚立下来。终于看到了有一尊没有髭须,非但无须,还绰约而高雅,眼神多么深婉啊,唇边还带些笑意。

"是李清照!"幼珊惊喜地低呼。

当然是她了,非她不可。山东的名人堂上,难道全要供圣贤豪杰吗?胡子太多了吧?没有李清照,这一排青铜的硬汉也未免太寂寞了吧,尽管她自己,"独自怎生得黑",却是古中国最寂寞的芳心,那些清词丽句,千载之下哪一个硬汉读了不伤心?

她的像塑得极好，头梳发髻，微微偏右，像凝神在想着什么，或听到了什么。立得如此地婷婷，正所谓硕人其颀，左手贴在腰后，右手却当胸用拇指和食指捻着一朵纤纤细花。铜色深沉，看不真切究竟是什么芳籍，却令人想起"帘卷西风，人比黄花瘦"，该是菊吧。其实，管它是什么花，都一样寂寞啊，你不曾听她说吗，"一枝折得，人间天上，没个人堪寄"。

我在像前留连很久，心底宛转低回的都是她美丽而哀愁的音韵。如此的锦心如此的绣笔，如此的身世如此的晚境。我在高雄的新居"左岸"，就在明诚路旁，不由得不时常想起她在《金石录后序》中所记，和赵明诚剪烛共读的幸福早年。

李清照之美是复合的，应该在她的婵娟上再加天赋与深情，融成一种整体的气质与风韵。北国女儿而有此江南的灵秀敏感，正如大明湖镜光里依依的垂柳迎风曳翠，撩人心魂也不输白堤、苏堤。也就难怪济南人要将自己的绝代才女封为藕神，供她于湖边的祠龛。而她在《漱玉词》中，早年咏藕也常见佳句，就像"兴尽晚回舟，误入藕花深处。争渡，争渡，惊起一滩鸥鹭"。又像"翠贴莲蓬小，金销藕叶稀"，都写藕有神。

李清照能供于眼前这文化长廊，而另一位宋词大家，同样是济南人，却因"名额有限"又要顾及"性别分配"，而不能入列，真令我为辛弃疾叫屈。《稼轩词》的成就绝对不下于《漱玉词》，辛弃疾要入廊，谁也不会反对。不过他对这位词坛前辈由

/ 一眨眼，算不算少年 一辈子，算不算永远 /

衷佩服，所以叫幼安让给易安，也只得认了。

李清照的像赞是："（一〇八四年至一一五一年）号易安居士，济南人，南宋女词人，著有《漱玉词》，传播中外。"其实末四字并无必要，李清照非常中国，也非常女性，外国人尤其是西方人，怎么能深切体会"轻解罗裳，独上兰舟"，或是"春归秣陵树，人老建康城"呢？

下一位山东人杰同样令我心血来潮，不能自已。但他和李清照刚柔互异，身份完全不同：李清照去南方是做避乱的难民，他去南方却是做平乱的将军。他，正是民族英雄戚继光。铜像目带威棱，似乎仍在巡边，戴盔披甲，右手扶腰，左手按剑，在十二人中是唯一戎装的武将，但加上孙武与诸葛亮，就有了三大兵家，因为戚继光有中国儒将之风，除了战功赫赫，还遗下论兵的著作。他脚下的座石这样为他定位："（一五二八年至一五八七年）字元敬，登州（今蓬莱）人，明抗倭名将，军事家，经多年奋战，解除东南倭患，著有《纪效新书》。"

登州就在山东半岛的北端，与辽东半岛隔海相望。戚继光生在海边，又是将门之后，对倭患的切身感受，正如抗倭前辈、也是出生在沿海的晋江人俞大猷。明朝两大抗倭名将都来自倭寇肆虐的沿海，绝非偶然。从十四世纪到十六世纪中叶，倭寇侵犯中国海岸，北起辽东半岛的金州，南迄广东，范围很广，戚继光的家乡也曾波及。最猖獗的几年是在一五五三年前后，军民遭害达数十万人。幸有戚继光在义乌招募农民、矿工，编练成军，并与谭纶、俞大猷合力清剿，才渐将倭患平定。

小时我在上海，吃过一种"光饼"，圆形有孔，味道甜津津的。母亲说是戚继光行军的干粮，中间的洞孔可以穿线，挂在身上，方便随时进食，后人怀念他的功劳，就叫它作"光饼"。所以戚继光的名字，从小就深印吾心，母亲这句话，也牢记到老。一个民族往往在正史之外，借一些风俗习惯或市井传闻来感念他们的英雄，就算传闻不实，那份深情总是真的。例如端午之于屈原，不管龙舟和粽子是否为了救他，总是对他悲剧的同情、人格的向往。历史的遗憾只好用诗来补偿。

我抬头再看戚继光，心底喊一声："将军您辛苦了！"四百年后再回顾，抗倭的他可称最早的抗日英雄。他怎么会料到，四百年后敌人又来了，这一次不是倭寇了，换了正规的关东军，也不再满足于沿海掠劫，而是深入内陆，意在占领，军靴、马蹄、履带，践踏的正是戚继光、俞大猷的故乡。一次大战期间，他们公然夺去了胶济铁路。一九二八年，太阳旗遮暗了济南，五三惨案，遭害的济南人多以千计，广义说来，岂非倭寇的后人屠杀了戚继光的子孙，也正是从大舜到蒲松龄，廊上十二尊铜像的子孙？

这还不包括后来的八年抗战，死难的华嗣夏裔更百倍于晚明。浩劫迄今，早过了半个世纪，东洋小学生的教科书里，毁尸灭迹，仍然找不到一点血印，嗅不到半星灰烬，谎话传了好几代人。四百年后，戚将军啊，我们更深长地怀念着您！

终于走到最后的铜像前了。像是个三家村的塾师，面容清苦，额多皱纹，神色却闲适而带着笑意，像是又想到一个好故事了，嗯，不妨一写，于是以指捻须，仔细琢磨起来。再一看时，咦，脚底还蜷伏着一头金狐狸。那还有谁，不就是蒲松龄吗？踏脚的像座上说："（一六〇四年至一七一五年）字留仙，号柳泉居士，淄川（今淄博）人，文学家，其《聊斋志异》为杰出的短篇小说集。"

这才发现，他脚旁匍偎的不是金狐狸，而是因为它娇巧可怜，游客们不断爱抚，铜锈磨光了的结果。管它是狐仙还是女鬼呢，多半不会害人的。假如你是夜深苦读的单身寒士，烛光昏沉，忽然有一位绝色佳人赫现在你疲倦的眼前，粲然一笑，解尽你长年的寂寞，从此得妻、生子、科场顺利——还有什么比这无中生有的艳遇更省事、更理想的么？书中自有俏女鬼，开卷忽来狐美人。可怜的儒生寒士，半生读圣贤书，苦闷不得疏解，礼教的社会又不容你放肆，孤寒之夜，难免不一念入绮。这就是《聊斋》的潜意识出口，西方不也有浮士德心动而魔鬼出现么？

《聊斋》的故事题材十分广阔，展现的众生相颇富民俗趣味，而生动的想象又深入狐鬼仙魅，能以同情赋幽冥的异物以人性，乃能在《三国》《水浒》甚至《红楼》之外为中国小说探得新境，自成一家。中国文学自楚辞以来就有这超现实的一支传统，我觉得蒲松龄颇似李贺的隔代遗传，没有长吉的贵族气与精致雕琢，比较世俗、流畅。

蒲松龄一生贫苦，只教私塾，到七十一岁才举贡生。著述虽有《聊斋诗集》《聊斋文集》多种，却不如《聊斋志异》一书风行传后，声名响亮，盖过了所有的进士，甚至也高过赏识他的施润章、王士禛。我读《聊斋志异》是在中学时代，因为二舅舅藏书甚多，有整部插图的线装本，任我翻阅。那曲折的故事、雅洁的文言，加上引人想入非非的工笔插图，在没有电视也难见电影的蜀山之中，该是一个男孩最有趣的读物，难怪我就变成狐迷了。

幼珊也走过来，和我一人握一只狐狸耳朵，由我存照了一张相。周晖、基林看得有趣，在一旁笑起来，也一同入了照片。那天晚上，狐狸倒没有来找我，若非因蒲翁喝止，便是因我这书生太老了。

一百五十米的长廊弧形供着这十二尊铜像，顽铜何幸，这些伟大的、睿智的、威武的、多情的魂魄竟然来附身，而令这一簇灿亮的美名化成了栩栩然俨然的形象来默化我们，引我们见贤思齐，取法乎上。于是这神圣的长廊无限伸展，与四千载的历史悠悠的华夏光阴等长。青铜不语，而我却领悟了很多。

十二位人杰里，至少有一位圣君、三位哲人、三位兵家、五位政治家、两位教育家、两位作家、一位艺术家、一位农业家。加起来不止十二位，因为有好几位具多重身份，含各色光谱。这些人合起来可成就一个泱泱大国而绰绰有余。山东人自豪于"一山一水一圣人"，这壮语，金底黑字就赫然烙在山东大学赠我的纪念立牌上。山是泰山，水是黄河，而圣人又何止出了一位？

十二人里，好几位的事功都不是一山一水能限量。孔子的文范、孙武的武典，全世界都受启迪。大舜南巡而葬于苍梧，孙武仕吴，诸葛相蜀，王羲之挥毫于山阴，李清照苦吟于江南，戚继光更南靖倭患，北镇蓟州。不仅山东人以他们为傲，所有的中国人都以他们为荣。

我希望各省都能建自己的文化厅堂。

黄河一掬

厢型车终于在大坝上停定，大家陆续跳下车来。还未及看清河水的流势，脸上忽感微微刺麻，风沙早已刷过来了。没遮没拦的长风挟着细沙，像一阵小规模的沙尘暴，在华北大平原上卷地刮来，不冷，但是挺欺负人，使胸臆发紧。我存和幼珊都把自己裹得密密实实，火红的风衣牵动了荒旷的河景。我也戴着扁呢帽，把绒袄的拉链直拉到喉核。一行八九个人，跟着永波、建辉、周晖，向大坝下面的河岸走去。

这是临别的前一天上午，山大安排带我们来看黄河。车沿着二环东路一直驶来，做主人的见我神情热切，问题不绝，不愿扫客人的兴，也不想纵容我期待太奢，只平实地回答，最后补了一句："水色有点浑，水势倒还不小。不过去年断流了一百多天，不会太壮观。"

这些话我也听说过，心里已有准备。现在当场便见分晓，再提警告，就像孩子回家，已到门口，却听邻人说，这些年你妈妈病了，瘦了，几乎要认不得了，总还是难受的。

天高地迥，河景完全敞开，触目空廓而寂寥，几乎什么也没有。河面不算很阔，最多五百米吧，可是两岸的沙地都很宽坦，平面就延伸得倍加夐远，似乎再也够不到边。昊天和洪水的接缝处，一线苍苍像是麦田，后面像是新造的白杨树林。此外，除了漠漠的天穹，下面是无边无际无可奈何的低调土黄，河水是土黄里带一点赭，调得不很匀称，沙地是稻草黄带一点灰，泥多则暗，沙多则浅，上面是浅黄或发白的枯草。

"河面怎么不很规则？"我转问建辉。

"黄河从西边来，"建辉说，"到这里朝北一个大转弯。"

这才看出，黄浪滔滔，远来的这条浑龙一扭腰身，转出了一个大锐角，对岸变成了一个半岛，岛尖正对着我们。回头再望此岸的堤坝，已经落在远处，像瓦灰色的一长段堡墙。更远处，在对岸的一线青意后面，隆起一脉山影，状如压扁了的英文大写字母 M，又像半浮在水面的象背。那形状我一眼就认出来了，无须向陪我的主人求证。我指给我存看。

"你确定是鹊山吗。"我存将信将疑。

"当然是的。"我笑道，"正是赵孟頫的名画《鹊华秋色》里，左边的那座鹊山。曾繁仁校长带我们去淄博，出济南不久，高速公路右边先出现华山，尖得像一座翠绿的金字塔，接着再出现的就是鹊山。一刚一柔，无端端在平地耸起，令人难忘。从淄博回来，又出现在左边。可惜不能停下来细看。"

周晖走过来，证实了我的指认。

"徐志摩那年空难，"我又说，"飞机叫济南号，果然在济南附近出事，太巧合了。不过撞的不是泰山，是开山，在党家庄。你们知道在哪里吗？"

"我倒不清楚。"建辉说。

我指着远处的鹊山说："就在鹊山的背后。"又回头对建辉说："这里离河水还是太远，再走近些好吗？我想摸一下河水。"

于是永波和建辉领路，沿着一大片麦苗田，带着众人在泥泞的窄埂上，一脚高一脚低，向最低的近水处走去。终于够低了，也够近了。但沙泥也更湿软，我虚踩在浮土和枯草上，就探身要去摸水，大家在背后叫小心。岌岌加上翼翼，我的手终于半伸进黄河。

一刹那，我的热血触到了黄河的体温，凉凉的，令人兴奋。古老的黄河，从史前的洪荒里已经失踪的星宿海里四千六百里，绕河套、撞龙门、过英雄进进出出的潼关一路朝山东奔来，从斛律金的牧歌李白的乐府里日夜流来，你饮过多少英雄的血难民的泪，改过多少次道啊发过多少次泛滥，二十四史，哪一页没有你浊浪的回声？几曾见天下太平啊让河水终于澄清？流到我手边你已经奔波了几亿年了，那么长的生命我不过触到你一息的脉搏。无论我握得有多紧你都会从我的拳里挣脱。就算如此吧，这一瞬我已经等了七十几年了，绝对值得。不到黄河心不死，到了黄河又如何？又如何呢，至少我指隙曾流过黄河。

至少我已经拜过了黄河，黄河也终于亲认过我。在诗里文里我高呼低唤他不知多少遍，在山大演讲时我朗诵那首《民歌》，等到第二遍五百听众就齐声来和我：

传说北方有一首民歌
只有黄河的肺活量能歌唱
从青海到黄海
　风 也听见
　沙 也听见

/ 一眨眼，算不算少年 一辈子，算不算永远 /

我高呼一声"风"，五百张口的肺活量忽然爆发，合力应一声"也听见"。我再呼"沙"，五百管喉再合应一声"也听见"。全场就在热血的呼应中结束。

华夏子孙对黄河的感情，正如胎记一般地不可磨灭。流沙河写信告诉我，他坐火车过黄河读我的《黄河》一诗，十分感动，奇怪我没见过黄河怎么写得出来。其实这是胎里带来的，从《诗经》到刘鹗，哪一句不是黄河奶出来的？黄河断流，就等于中国断奶。山大副校长徐显明在席间痛陈国情，说他每次过黄河大桥都不禁要流泪。这话简直有《世说新语》的慷慨，我完全懂得。龚自珍《己亥杂诗》不也说过么：

亦是今生未曾有
满襟清泪渡黄河

他的情人灵箫怕龚自珍耽于儿女情长，甚至用黄河来激励须眉：

为恐刘郎英气尽
卷帘梳洗望黄河

想到这里,我从衣袋里掏出一张自己的名片,对着滚滚东去的黄河低头默祷了一阵,右手一扬,雪白的名片一番飘舞,就被起伏的浪头接去了。大家齐望着我,似乎不觉得这僭妄的一投有何不妥,反而纵容地赞许笑呼。我存和幼珊也相继来水边探求黄河的浸礼。看到女儿认真地伸手入河,想起她那么大了做爸爸的才有机会带她来认河,想当年做爸爸的告别这一片后土只有她今日一半的年纪,我的眼睛就湿了。

回到车上,大家忙着拭去鞋底的湿泥。我默默,只觉得不忍。翌晨山大的友人去机场送别,我就穿着泥鞋登机。回到高雄,我才把干土刮尽,珍藏在一只名片盒里。从此每到深夜,书房里就传出隐隐的水声。

二〇〇一年七月于高雄

日不落家

一

壹圆的旧港币上有一只雄狮,戴冕控球,姿态十分威武。但七月一日以后,香港归还了中国,那顶金冠就要失色,而那只圆球也不能号称全球了。伊丽莎白二世在位,已经四十五年,恰与一世相等。在两位伊丽莎白之间,大英帝国从起建到瓦解,凡历四百余年,与汉代相当。方其全盛,这帝国的属地藩邦、运河军港,遍布了水陆大球,天下四分,独占其一,为历来帝国之所未见,有"日不落国"之称。

而现在,日落帝国,照艳了香港最后这一片晚霞。"日不落国"将成为历史,代之而兴的乃是"日不落家"。

冷战时代过后,国际日趋开放,交流日见频繁,加以旅游便利，资讯发达，这世界真要变成地球村了。于是同一家人辞乡背井，散落到海角天涯，昼夜颠倒，寒暑对照，便成了"日不落家"。今年我们的四个女儿，两个在北美，两个在西欧，留下我们二老守在岛上。一家而分在五地，你醒我睡，不可同日而语，也成了"日不落家"。

幼女季珊留法五年，先在昂热修法文，后去巴黎读广告设计，点唇画眉，似乎沾上了一些高卢风味。我家英语程度不低，但家人的法语发音，常会遭她纠正。她擅于学人口吻，并佐以滑稽的手势，常逗得母亲和姐姐们开心，轻则解颜，剧则捧腹。可以想见，她的笑语多半取自法国经验，首先自然是法国男人。马歇·马叟是她的偶像，害得她一度想学默剧。不过她的设计也学得不赖，我译的王尔德[①]喜剧《理想丈夫》，便是她做的封面。现在她住在加拿大，一个人孤悬在温哥华南郊，跟我们的时差是早八小时。

长女珊珊在堪萨斯修完艺术史后，就一直留在美国，做了长久的纽约客。大都会的艺馆画廊既多，展览又频，正可尽情饱赏。珊珊也没有闲着，远流版两巨册的《现代艺术理论》就是她公余、厨余的译绩。华人画家在东岸出画集，也屡次请她写序。看来我的"序灾"她也有份了，成了"家患"，虽然苦

---

① 王尔德：19世纪英国最伟大的作家与艺术家之一，唯美主义代表人物。

些，却非徒劳。她已经做了母亲，男孩四岁，女孩未满两岁。家教所及，那小男孩一面挥舞恐龙和电动神兵，一面却随口叫出梵高和蒙娜丽莎的名字，把考古、科技、艺术合而为一，十足一个博闻强记的顽童。四姐妹中珊珊来得最早，在生动的回忆里她是破天荒第一声婴啼，一婴开啼，众婴响应，带来了日后八根小辫子飞舞的热闹与繁华。然而这些年来她离开我们也最久，而自己有了孩子之后，也最不容易回台，所以只好安于"日不落家"，不便常回"娘家"了。她和幺妹之间隔了一整个美洲大陆，时差，又早了三个小时。

凌越渺渺的大西洋更往东去，五小时的时差，便到了莎士比亚[①]所赞的故乡，"一块宝石镶嵌在银涛之上"。次女幼珊在曼彻斯特大学专攻华兹华斯[②]，正襟危坐，苦读的是诗翁浩繁的全集，逍遥汗漫，优游的也还是诗翁俯仰的湖区。华兹华斯乃英国浪漫诗派的主峰，幼珊在柏克莱写硕士论文，仰攀的是这翠微，十年后径去华氏故乡，在曼城写博士论文，登临的仍是这雪顶，真可谓从一而终。世上最亲近华氏的女子，当然是他的

[①] 莎士比亚：英国文艺复兴时期剧作家、诗人。有代表作四大悲剧：《哈姆雷特》《奥赛罗》《李尔王》《麦克白》；四大喜剧：《仲夏夜之梦》《威尼斯商人》《第十二夜》《皆大欢喜》。

[②] 华兹华斯：英国浪漫主义诗人，曾当上桂冠诗人。其诗歌理论动摇了英国古典主义诗学的统治，有力地推动了英国诗歌的革新和浪漫主义运动的发展。

妹妹桃乐赛（Dorothy Wordsworth），其次呢，恐怕就轮到我家的二女儿了。

幼珊留英，将满三年，已经是一口不列颠腔。每逢朋友访英，她义不容辞，总得驾车载客去西北的坎布利亚，一览湖区绝色，简直成了华兹华斯的特勤导游。如此贡献，只怕桃乐赛也无能为力吧。我常劝幼珊在撰正论之余，把她的英国经验，包括湖区的唯美之旅，一一分题写成杂文小品，免得日后"留英"变成"留白"。她却惜墨如金，始终不曾下笔，正如她的幺妹空将法国岁月藏在心中。

幼珊虽然远在英国，今年却不显得怎么孤单，因为三妹佩珊正在比利时研究，见面不难，没有时差。我们的三女儿反应迅速，兴趣广泛；而且"见异思迁"：她拿的三个学位依次是历史学士、广告硕士、行销博士。所以我叫她作"柳三变"。在香港读中文大学的时候，她的钢琴演奏曾经考取八级，一度有意去美国主修音乐；后来又任《星岛日报》的文教记者。所以在餐桌上我常笑语家人："记者面前，说话当心。"

回台以后，佩珊一直在东海的企管系任教，这些年来，更把本行的名著三种译成中文，在"天下""远流"出版。今年她去比利时做市场调查，范围兼及荷兰、英国。据我这做父亲的看来，她对消费的兴趣，不但是学术，也是癖好，尤其是对于精品。她的比利时之旅，不但饱览佛朗德斯名画，而且遍尝各种美酒，更远征土耳其，去清真寺仰听尖塔上悠扬的呼祷，想必是十分丰盛的经验。

二

世界变成了地球村，这感觉，看电视上的气象报告最为具体。台湾太热，温差又小，本地的气象报告不够生动，所以爱看外地的冷暖，尤其是够酷的低温。每次播到大陆各地，我总是寻找沈阳和兰州。"哇！零下十二度耶！过瘾啊！"于是一整幅雪景当面捆来，觉得这世界还是多彩多姿的。

一家既分五地，气候自然各殊。其实四个女儿都在寒带，最北的曼彻斯特约当北纬五十三度又半，最南的纽约也还有四十一度，都属于高纬了。总而言之，四个女儿纬差虽达十二度，但气温大同，只得一个"冷"字。其中幼珊最为怕冷，偏偏曼彻斯特严寒欺人，而读不完的华兹华斯又必须久坐苦读，难抵凛冽。对比之下，低纬二十二度半的高雄是暖得多了，即使嚷嚷寒流犯境，也不过等于英国的仲夏之夜，得盖被窝。

黄昏，是一日最敏感最容易受伤的时辰，气象报告总是由近而远，终于播到了北美与西欧，把我们的关爱带到高纬，向陌生又亲切的都市聚焦。陌生，因为是寒带；亲切，因为是我们的孩子所在。

"温哥华还在零下！"

"暴风雪袭击纽约，机场关闭！"

"伦敦都这么冷了，曼彻斯特更不得了！"

"布鲁塞尔呢，也差不多吧？"

坐在热带的凉椅上看国外的气象，我们总这么大惊小怪，并不是因为没有见识过冰雪，或是孩子们还在稚龄，不知保暖，更不是因为那些国家太简陋，难以御寒。只因为父母老了，念女情深，在记忆的深处，梦的焦点，在见不得光的潜意识底层，女儿的神情笑貌仍似往昔，永远珍藏在娇憨的稚岁，童真的幼龄——所以天冷了，就得为她们加衣，天黑了，就等待她们一一回来，向热腾腾的晚餐，向餐桌顶上金黄的吊灯报到，才能众瓣聚首，众瓣围葩，辐辏成一朵烘闹的向日葵。每当我眷顾往昔，年轻的幸福感就在这一景停格。

人的一生有一个半童年。一个童年在自己小时候，而半个童年在自己孩子的小时候。童年，是人生的神话时代，将信将疑，一半靠父母的零星口述，很难考古。错过了自己的童年，还有第二次机会，那便是自己子女的童年。年轻爸爸的幸福感，大概仅次于年轻妈妈了。在厦门街绿荫深邃的巷子里，我曾是这么一位顾盼自得的年轻爸爸，四个女婴先后裹着奶香的襁褓，投进我喜悦的怀抱。黑白分明，新造的灵瞳灼灼向我转来，定睛在我脸上，不移也不眨，凝神认真地读我，似乎有一点困惑。

"好像不是那个（妈妈）呢，这个（男人）。"她用超语言的混沌意识在说我，而我，更逼近她的脸庞，用超语言的笑容向她示意："我不是别人，是你爸爸，爱你，也许比不上你妈妈那么周到，但不会比她较少。"她用超经验的直觉将我的笑容解码，于是学起我来，忽然也笑了。这是父女间第一次相视而笑，像风吹水绽，自成涟漪，却不落言筌，不留痕迹。

为了女婴灵秀可爱，幼稚可哂，我们笑。受了我们笑容的启示，笑声的鼓舞，女婴也笑了。女婴一笑，我们以笑回答。女婴一笑，我们笑得更多。女婴刚会起立，我们用笑勉励。她又跌坐在地，我们用笑安抚。四个女婴马戏团一般相继翻筋斗来投我家，然后是带爬、带跌、带摇、带晃，扑进我们张迎的怀里——她们的童年是我们的"笑季"。

为了逗她们笑，我们做鬼脸。为了教她们牙牙学语，我们自己先儿语牙牙："这是豆豆，那是饼饼，虫虫虫虫飞！"成人之间不屑也不敢的幼稚口吻、离奇动作，我们在孩子面前，特权似的，却可以完全解放，尽情表演。在孩子的真童年里，我们找到了自己的假童年，乡愁一般再过一次小时候，管它是真是假，是一半还是完全。

快乐的童年是双全的互惠：一方面孩子长大了，孺慕儿时的亲恩；一方面父母老了，眷念子女的儿时。因为父母与稚儿之间的亲情，最原始、最纯粹、最强烈，印象最久也最深沉，虽经万劫亦不可磨灭。坐在电视机前,看气象而念四女,心底浮现的常是她们孩时,仰面伸手,依依求抱的憨态,只因那形象最萦我心。

最萦我心是第一个长夏,珊珊卧在白纱帐里,任我把摇篮摇来摇去,乌眸灼灼仍对我仰视,窗外一巷的蝉嘶。是幼珊从躺床洞孔倒爬了出来,在地上颤颤昂头像一只小胖兽,令众人大吃一惊,又哄然失笑。是带佩珊去看电影,她水亮的眼珠在暗中转动,闪着银幕的反光,神情那样紧张而专注,小手微汗在我的手里。是季珊小时候怕打雷和鞭炮,巨响一迸发就把哭声埋进婆婆的怀里,呜咽久之。

不知道她们的母亲,记忆中是怎样为每一个女孩的初貌取景造形。也许是太密太繁了,不一而足,甚至要远溯到成形以前,不是形象,而是触觉,是胎里的颠倒蜷伏,手撑脚踢。

当一切追溯到源头,混沌初开,女婴的生命起自父精巧遇到母卵,正是所有爱情故事的雏形。从父体出发长征的;万头攒头,是适者得岸的蝌蚪宝宝,只有幸运的一头被母岛接纳。于是母女同体的十月因缘奇妙地开始。母亲把女婴安顿在子宫,用胚胎喂她,羊水护她,用脐带的专线跟她神秘地通话,给她暧昧的超安全感,更赋她心跳、脉搏与血型,直到大头蝌蚪变成了大头宝宝,大头朝下,抱臂交股,蜷成一团,准备向生之窄门拥挤顶撞,破母体而出,而且鼓动肺叶,用尚未吃奶的气力，嗓音惊天地而动鬼神，又像对母体告别，又像对母亲报到，洪亮的一声啼哭，"我来了！"

三

母亲的恩情早在孩子会呼吸以前就开始。所以中国人计算年龄，是从成孕数起。那原始的十个月，虽然眼睛都还未睁开，已经样样向母亲索取，负欠太多。等到降世那天，同命必须分体，更要断然破胎、截然开骨，在剧烈加速的阵痛之中，挣扎着，夺门而出。生日蛋糕之甜，烛火之亮，是用母难之血来偿付的。但生产之大劫不过是母爱的开始，日后母亲的辛勤照顾，从抱到背，从扶到推，从拉拔到提携，字典上凡是手字部的操劳，哪一样没有做过？《蓼莪》篇说："哀哀父母，生我劬劳。"其实肌肤之亲、操劳之勤，母亲远多于父亲。所以《蓼莪》又说："母兮鞠我，拊我畜我，长我育我，顾我复我，出入腹我。欲报之德，昊天罔极？"其中所言，多为母恩。"出入腹我"一句形容母不离子，最为传神，动物之中恐怕只有袋鼠家庭胜过人伦了。

从前是四个女儿常在身边，顾之复之，出入腹之。我存肌肤白皙，四女多得遗传，所以她们小时我戏呼之为"一窝小白鼠"。在丹佛时，长途旅行，一窝小白鼠全在我家车上，坐满后排。那情景，又像是所有的鸡蛋都放在同一只篮里。我手握驾驶盘，不免倍加小心，但是全家同游，美景共享，却也心满意足。在香港的十年，晚餐桌上热汤蒸腾，灯氛温馨，四只小白鼠加一只大白鼠加我这大老鼠围成一桌，一时六口齐张，美肴争入，妙语争出，叽叽喳喳喧成一片，鼠伦之乐莫过于此。

而现在，一窝小白鼠全散在四方，这样的盛宴久已不再。剩下二老，只能在清冷的晚餐后，向国外的气象报告去揣摩四地的冷暖。中国人把见面打招呼叫作寒暄。我们每晚在电视上真的向四个女儿"寒暄"，非但不是客套，而且寓有真情，因为中国人不惯和家人紧抱热吻，恩情流露，每在淡淡的问暖嘘寒，叮嘱添衣。

往往在气象报告之后，做母亲的一通长途电话，越洋跨洲，就直接拨到暴风雪的那一端，去"寒暄"一番，并且报告高雄家里的现况，例如父亲刚去墨西哥开会，或是下星期要去川大演讲，她也要同行。有时她一夜电话，打遍了西欧北美，耳听四国，把我们这"日不落家"的最新动态收集汇整。

看着做母亲的曳着电线，握着听筒，跟九千里外的女儿短话长说，那全神贯注的姿态，我顿然领悟，这还是母女连心，一线密语的习惯。不过以前是用脐带向体内腹语，而现在，是用电缆向海外传音。

而除了脐带情结之外，更不断写信，并附寄照片或剪稿，有时还寄包裹，把书籍、衣饰、药品、隐形眼镜等等，像后勤支援前线一般，源源不绝向海外供应。类此的补给从未中止，如同最初，母体用胎盘向新生命输送营养和氧气：绵绵的母爱，源源的母爱，唉，永不告竭。

所谓恩情，是爱加上辛苦再乘以时间，所以是有增无减，且因累积而变得深厚。所以《诗经》叹曰："欲报之德，昊天罔极？"①

这一切的一切，从珊珊的第一声啼哭以前就开始了。若要彻底，就得追溯到四十五年前，当四个女婴的母亲初遇父亲，神话的封面刚刚揭开，罗曼史正当扉页。到女婴来时，便是美丽的插图了。第一图是父之囊。第二图是母之宫。第三图是育婴床，在内江街的妇产医院。第四图是摇婴篮，把四个女婴依次摇啊摇，没有摇到外婆桥，却摇成了少女，在厦门街深巷的一栋古屋。以后的插图就不用我多讲了。

这一幅插图，看哪，爸爸老了，还对着海峡之夜在灯下写诗。妈妈早入睡了，微闻鼾声。她也许正梦见从前，有一窝小白鼠跟她捉迷藏，躲到后来就走散了，而她太累，一时也追不回来。

一九九七年四月

---

① 欲报之德，昊天罔极：我想报答你们的大恩大德，好像苍天的无穷无尽。

一笑人间万事

王尔德的喜剧《不可儿戏》六月底在香港大会堂一连演了十四场，场场满座，观众无不"绝倒"。我身为此剧的中文译者，除了对杨世彭的导演艺术衷心佩服之外，更触发下面的一些感想。

鲁迅说得好：悲剧是把有价值的东西毁灭给人看，喜剧则是把无价值的东西毁灭给人看。什么是无价值的东西呢？在王尔德的喜剧里，那就是人性的基本弱点。例如虚伪、虚荣、矛盾、自私等等，而不是特定的阶级、政党、行业或性别。讽刺人性的喜剧似乎不如讽刺某时某地社会现象的喜剧来得写实，可是在某时某地之外，往往更为普及而耐久。王尔德那种无中生有的妙语，无所不刺的笑话，在九十年后的地球背面，仍能凭空教中国的观众放松了面肌，运动了横隔膜，而尽一夕之欢。

惹笑未必是喜剧的最终目的，但是一出不惹人笑或是笑不尽兴的喜剧却是一大失败。那样尴尬的场面真教观众无趣，演员无兴，导演面上无光。笑，未必是对艺术最深刻的反应，但这种反应最为自然，最做不得假。要把几百个颇有见识的观众逗得失声发笑，哄堂大笑，而又笑声不断，绝非易事。台上妙语如珠，台下笑声成潮，这时你会觉得：这出戏是台下和台上合作演成的。喜剧惹笑，等于提前鼓掌，最令演员增加信心，提高士气。在这种气氛中加入笑阵的台下人，更感到人同此心、与众共欢的快意。

梅尔维尔[①]在《白鲸记》里说："面对一切荒谬，最聪明最方便的答复，便是大笑。"门肯在《偏见集》里也说："一声豪笑抵得过一万句推理。豪笑一声，不但更有效果，也更有智慧。"

王尔德的喜剧无中生有地创出了许多荒谬而有趣的对话，表达了许多荒谬而有趣的念头，出乎观众意料，却入于艺术趣味，反常之中竟似合道。男人有意独身，通常予人克己禁欲之感。在《不可儿戏》里，劳小姐（一位老处女）却对蔡牧师说："我的好牧师，你似乎还不明白，一个男人要是打定主意独身到

---

① 梅尔维尔：19世纪美国最伟大的小说家、散文家和诗人之一，他被誉为美国的"莎士比亚"。

底，就等于变成了永远公开的诱惑。男人应该小心一点，使脆弱的异性迷路的，正是单身汉。"说到此地，台下的观众无不失笑。

剧中人物杰克与亚吉能是一对难兄难弟的好朋友。杰克受挫于亚吉能的姨妈，气得大骂她是母夜叉，结论是"她做了妖怪，又不留在神话里，实在太不公平……对不起，阿吉，也许我不该这么当面说你的姨妈。"亚吉能答道："老兄，我最爱听人家骂我的亲戚了。只有靠这样，我才能忍受他们。"台下观众又是哄堂大笑。

最荒谬的妙语则出于"妖怪"巴夫人之口，她盘问未来的女婿杰克："你双亲都健在吧？"杰克说："我已经失去了双亲。"巴夫人说："失去了父亲或母亲，华先生，还可以说是不幸，双亲都失去了，就未免太大意了。"对此，观众报以最响的笑声。

台下的笑声，谁也不能控制，甚至不能逆料。有些地方导演和我都觉得好笑，台下却放过不笑。杰克对巴夫人控诉亚吉能招摇撞骗，巴夫人听完诉辞之后惊答："做人不诚实！我的外甥亚吉能？绝对不可能！他是牛津毕业的。"最后一句当然可笑，却未激起台下的波纹。

妙语连珠而来，笑声叠浪而起，其间也有美中不足，令高明的导演与演员束手无策。在《不可儿戏》的第二幕，亚吉能看到西西丽在记日记,问她能不能让他看看内容,西西丽说:"哦,不可以。你知道,里面记录的不过是一个很年轻的女孩子私下的感想和印象,所以呢,是准备出版的,等到印成书的时候,希望你也邮购一本。"台下人听到"是准备出版的"时,因为逻辑逆转,悖乎常理,而且颠倒得十分有趣,不禁哄堂大笑。但是下一句也非常可笑,却在上一句引爆的笑声中给淹没了。演员又不能在台上僵住,等笑声退潮,再说下去。

《不可儿戏》在香港演出,纯用粤语。我真希望台湾有剧团能用国语来演。中文译本在台湾出版两年了,竟未引起任何反应,令译者相当失望。

一九八五年七月十四日

假如我有九条命

假如我有九条命,就好了。

一条命,就可以专门应付现实的生活。苦命的丹麦王子说过:既有肉身,就注定要承受与生俱来的千般惊扰。现代人最烦的一件事,莫过于办手续;办手续最烦的一面莫过于填表格。表格愈大愈好填,但要整理和收存,却愈小愈方便。表格是机关发的,当然力求其小,于是申请人得在四根牙签就塞满了的细长格子里,填下自己的地址。许多人的地址都是节外生枝,街外有巷,巷中有弄,门牌还有几号之几,不知怎么填得进去。这时填表人真希望自己是神,能把须弥纳入芥子,或者只要在格中填上两个字:"天堂。"一张表填完,又来一张,上面还有密密麻麻的各条说明,必须皱眉细阅。至于照片、印章,以及各种证件的号码,更是缺一不可。于是半条命已去了,剩下的半条勉强可以用来回信和开会,假如你找得到相关的来信,受得了邻座的烟熏。

一条命,有心留在台北的老宅,陪伴父亲和岳母。父亲年逾九十,右眼失明,左眼不清。他原是最外倾好动的人,喜欢与乡亲契阔谈宴,现在却坐困在半昧不明的寂寞世界里,出不得门,只能追忆冥隔了二十七年的亡妻,怀念分散在外地的子媳和孙女。岳母也已过了八十,五年前断腿至今,步履不再稳便,却能勉力以蹒跚之身,照顾旁边的朦胧之人。她原是我的姨母,家母亡故以来,她便迁来同住,主持失去了主妇之家的琐务,对我的殷殷照拂,情如半母,使我常常感念天无绝人之路,我失去了母亲,神却再补我一个。

一条命,用来做丈夫和爸爸。世界上大概很少有全职的丈夫,男人忙于外务,做这件事不过是兼差。女人做妻子,往往却是专职。女人填表,可以自称"主妇"(housewife),却从未见过男人自称"主夫"(house husband)。一个人有好太太,必定是天意,这样的神恩应该细加体会,切勿视为当然。我觉得自己做丈夫比做爸爸要称职一点,原因正是有个好太太。做母亲的既然那么能干而又负责,做父亲的也就乐得"垂拱而治"[①]了。所以我家实行的是总理制,我只是合照上那位俨然的元首。

[①] "垂拱而治":古时比喻统治者不做什么事而使天下太平,多用作称颂帝王无为而治。此处加了引号,意思是作者什么事也不做。

四个女儿天各一方，负责通信、打电话的是母亲，做父亲的总是在忙别的事情，只在心底默默怀念着她们。

一条命，用来做朋友。中国的"旧男人"做丈夫虽然只是兼职，但是做起朋友来却是专任。妻子如果成全丈夫，让他仗义疏财，去做一个漂亮的朋友，"江湖人称小孟尝"，便能赢得贤名。这种有友无妻的作风，"新男人"当然不取。不过新男人也不能遗世独立，不交朋友。要表现得"够朋友"，就得有闲、有钱，才能近悦远来。穷忙的人怎敢放手去交游？我不算太穷，却穷于时间，在"够朋友"上面只敢维持低姿态，大半仅是应战。跟身边的朋友打完消耗战，再无余力和远方的朋友隔海越洲，维持庞大的通讯网了。演成近交而不远攻的局面，虽云目光如豆，却也由于鞭长莫及。

一条命，用来读书。世界上的书太多了，古人的书尚未读通三卷两帙，今人的书又汹涌而来，将人淹没。谁要是能把朋友题赠的大著通通读完，在斯文圈里就称得上是圣人。有人读书，是纵情任性地乱读，只读自己喜欢的书，也能成为名士。有人呢，是苦心孤诣地精读，只读名门正派的书，立志成为通儒。我呢，论狂放不敢做名士，论修养不够做通儒，有点不上不下，要是我不写作，就可以规规矩矩地治学，或者不教书，就可以痛痛快快地读书，假如有一条命专供读书，当然就无所谓了。

书要教得好，也要全力以赴，不能随便。老师考学生，毕竟范围有限，题目有形。学生考老师，往往无限又无形。上课之前要备课，下课之后要阅卷，这一切都还有限。倒是在教室以外和学生闲谈问答之间，更能发挥"人师"之功，在"教"外施"化"。常言"名师出高徒"，未必尽然。老师太有名了，便忙于外务，席不暇暖，怎能即之也温？倒是有一些老师"博学而无所成名"，能经常与学生接触，产生实效。

另一条命应该完全用来写作。台湾的作家极少是专业，大半另有正职。我的正职是教书，幸而所教与所写颇有相通之处，不至于互相排斥。以前在台湾，我日间教英文，夜间写中文，颇能并行不悖。后来在香港，我日间教三十年代文学，夜间写八十年代文学，也可以各行其是。不过艺术是需要全神投入的活动，没有一位兼职然而认真的艺术家不把艺术放在主位。鲁本斯任荷兰驻西班牙大使，每天下午在御花园里作画。一位侍臣在园中走过，说道："哟，外交家有时也画几张画消遣呢。"鲁本斯答道："错了，艺术家有时为了消遣，也办点外交。"陆游诗云："看渠胸次隘宇宙，惜哉千万不一施。空回英概入笔墨，生民清庙非唐诗。向令天开太宗业，马周遇合非公谁？后世但作诗人看，使我抚几空嗟咨。"陆游认为杜甫之才应立功，而不应仅仅立言，看法和鲁本斯正好相反。我赞成鲁本斯的看法，认为立言已足自豪。鲁本斯所以传后，是由于他的艺术，不是他的外交。

一条命，专门用来旅行。我认为没有人不喜欢到处去看看：多看他人，多阅他乡，不但可以认识世界，亦可以认识自己。有人旅行是乘豪华邮轮，谢灵运再世大概也会如此。有人背负行囊，翻山越岭。有人骑自行车环游天下。这些都令我羡慕。我所优为的，却是驾车长征，去看天涯海角。我的太太比我更爱旅行，所以夫妻两人正好互做旅伴，这一点只怕徐霞客也要艳羡。不过徐霞客是大旅行家、大探险家，我们，只是浅游而已。

最后还剩一条命，用来从从容容地过日子，看花开花谢，人往人来，并不特别要追求什么，也不被"截止日期"所追迫。

一九八五年七月七日

金陵子弟江湖客

1

我这一生,先后考取过五所大学,就读于其中三所。这件事并不值得羡慕,只说明我的黄金岁月如何被时代分割。

第一所是在南京。那是抗战胜利后两年,我已随父母从四川回宁,并在南京青年会中学毕业。那年夏天在长江下游那火炉城里,我同时考取了金陵大学与北京大学,兴奋之中,一心向往北上。可是当时北京已是围城,战云密布;津浦路伸三千里的铁臂欢迎我去北方,母亲伸两尺半的手臂挽住了我,她的独子。

我进金陵大学外文系做"新鲜人",是在一九四七年九月。还不满十九岁的男孩,面对四年的黄金岁月,心情已颇复杂,并不纯然金色。回顾七年的巴山蜀水，已经过去，但少年的记忆与日俱深，忘不了那许多中学同学："上课同桌，睡觉同床，记过时同一张布告，诅咒时以彼此的母亲为对象。"眼前的新生活安定而有趣，新朋友也已逐一出现，可是不像远去北京那么断然而浪漫，而且名师众多，尤其是朱光潜与（后来才知道的）钱钟书。至于未来，我直觉不太乐观。抗战好不容易结束，内战迫不及待又起，北方早成了战场，南方很可能波及。茫茫大地正在转轴，有一天目前这社会或将消失，由截然不同的社会取代。新的价值也许朴素，也许苛严，对文学的要求只会紧，不会宽吧？到那时，文学就得看政治的脸色了。这种疑虑惴惴然隐隐然，一直困扰着我。

　　记得当时金陵大学的学生不多，我进的外文系尤其人少，一年级的新生竟然只有七位。有一次系里的黑人讲师请我们全班去大华戏院看电影，稀稀朗朗几个人上了街，全无浩荡之势。较熟的同学，现在只记得李夜光、江达灼、程极明、高文美、吕霞、戎逸伦六位。李夜光读的是教育系，江达灼是社会系，程极明是哲学系，高文美是心理系，后面两位才是外文系。其中李夜光戴眼镜，爱说笑，和我最熟。程极明富于理想，颇有口才，俨然学生运动的领袖，不久便转学去了复旦大学，跟大家就少见面了。他仪表出众，很得高文美的青睐，两人显然比他人亲近。高文美人如其名，文静而秀美，是典型的上海小姐。

她的父亲好像是南京的邮政局长,所以她家宽敞而有气派,我们这小圈子的读书会也就在她家举行。至于讨论的书,则不出当时大学生热衷的名著译本,例如《约翰·克里斯多夫》《冰岛渔夫》《罗亭》《安娜·卡列尼娜》之类。

吕霞和戎逸伦倒是外文系的同学。吕霞大方而亲切,常带笑容,给我的印象最深,因为她的父亲是著名的学者吕叔湘,在译界很受推崇。有了这样的父亲,也难怪吕霞谈吐如此斯文。

那时我相当内倾,甚至有点羞怯,不擅交际,朋友很少,常常感到寂寞,所以读书不但是正业,也是遣闷、消忧。书呢读得很杂,许多该读的经典都未曾读过,根本谈不上什么治学。因此当代文坛与学府的虚实,我并不很清楚,也没有像一般文艺青年那样设法去亲炙名流。倒是有一次读莫泊桑小说的英译本,书中把"断头台"误排成了 quillotine[①],害我查遍了大字典都不见,乃写信去问我认为当时最有学问的三个人:王云五、胡适、罗家伦。这种拼法他们当然也认不得,也许我写的地址不对,信根本没有到他们手里,总之一封回信也没有收到。

名作家去南京演讲,我倒听过两次。一次是听冰心,我去晚了,只能站在后排,冰心声音又细,简直听不真切。一次是听曹禺,比较清楚,但讲些什么,也不记得。

---

① quillotine:断头台的正确英文应该是 guillotine。

金陵大学的文科教授里，举国闻名的似乎不多，也许要怪我自己太寡闻，徒慕虚名，不知实况吧。隔了半个世纪，我只记得文学院长是倪青原，他教我们哲学，学问有多深我莫能测，但近视有多深却显而易见，因为就算从后排看去，他的眼镜边缘也是圈内有圈，其厚有如空酒瓶底。教我们本国史的陈恭禄也戴眼镜，身材瘦长，乡音颇重。有一次见他夹着自己的新著《中国通史》两大册，施施然在校园中走过，令我直觉老师的"分量"真是不轻。还有一位高觉敷教授，教我们心理学，口才既佳，又能深入浅出，就近取喻，难怪班大人多。有一次他公开演讲，题目竟是青年的性生活，听众拥挤当然不在话下。这讲题十分敏感，在当日尤其耸动，高教授却能旁敲侧击，几番峰回路转，忽然柳暗花明，冷不防点中了要害。同学们的情绪兴奋而又紧张，经不起讲者一戳即破，大爆哄堂，男生鼓掌，女生脸红。

教我们英国小说的是一位女老师，蔻克博士（Dr. Kirk）。她的美语清脆流利，讲课十分生动，指定我们一学期要读完八本小说，依序是《金银岛》《爱玛》《简·爱》《呼啸山庄》《河上磨坊》[1]《大卫·高柏菲尔》[2]《自命不凡》[3]《回乡》[4]。我们读得虽

---

[1] 《河上磨坊》：即《弗洛斯河上的磨坊》，英国女作家乔治·艾略特所著。
[2] 《大卫·高柏菲尔》：即《大卫·科波菲尔》，英国作家狄更斯所著。
[3] 《自命不凡》：即《利己主义者》，英国作家乔治·梅瑞迪斯所著。
[4] 《回乡》：即《还乡》，英国作家托马斯·哈代所著。

然吃力，却也津津有味。唯一的例外是梅里迪斯的杰作《自命不凡》(The Egoist by George Meredith)，不仅文笔深奥，而且好掉书袋。我读得咬牙切齿，实在莫名其妙，有一次气得把书狠狠摔在地上。蔻克其实是金陵女子学院的教授，我们上她这堂课，不在金陵大学，而在她的女校（俗称金女大），每次和同学骑自行车去女校上课，那琉璃瓦和红柱烘托的宫殿气象，加上闯进女儿国的绮念联翩，而讲台上娓娓动听的又是女老师悦耳的嗓音，真的令我们半天惊艳。

初进金大的时候，我家住在鼓楼广场的东南角上，正对着中山路口，门牌是三多里一号；弄堂又深又狭，里面蜗藏着好几户人家，我家只有一间房，除了放一张双人床、一张书桌、几张椅子之外，几乎难有回身之地。我被迫在隔壁堆杂物的走道上放一张小竹床栖身，当时倒并不觉得有多吃苦。好在金大校园就在附近，走去上课只要十分钟。

后来我家终于盖了一栋新屋，搬了过去。那是一栋两层楼房，白墙红瓦，附有园地，围着竹篱，在那年代要算是宽敞明亮的了。篱笆门上的地址是"将军庙龙仓巷十八号"。我的房间在楼上，正当向西斜倾的屋顶下面，饶有阁楼的遁世情调。最动人逸兴的，是我书桌旁边的窗口朝东，斜对着远处的紫金山，也就是歌里所唱的巍巍钟山。每当晴日的黄昏，夕照绚丽，山容果然是深青转紫。我少年的诗心所以起跳，也许正由那一脉紫金触发。我的第一首稚气少作,就是对着那一脊起伏的山影写的。

其实那时候我的译笔也已经挥动了。早在我高三那一年,和几个同学合办了一张文学刊物,竟然把拜伦[①]的名诗《海罗德公子游记》(*Childe Harold's Pilgrimage*)[②]咏滑铁卢的一段译成了七言古诗,以充篇幅。不难想见,一个高三的男孩,就算是高材生吧,哪会有旧诗的功力呢?难怪漕桥老家的三舅舅孙有庆,乡里有名的书法家,皱着浓眉看完我的译稿后,不禁再三摇头,指出平仄全不稳当。

不过咪咪,我的十五岁表妹也是未来的妻子范我存,却有不同的反应。那时我们只见过一面,做表兄的只知道她的小名。那份单张的刊物在学校附近的书店寄售,当然一份也销不掉,搬回家来,却堆了一大叠,令人沮丧。我便寄了一份给正在城南明德女中读初三的表妹,信封上只写了"范咪咪小姐收",居然也收到了。她自然不管什么平仄失调,却知道拜伦是谁,并且觉得能翻译拜伦的名作,这位表哥当非泛泛之辈。战火正烈,聚散无端,这一对小译者与小读者四年后才在命定的海岛上重逢,这才两小同心,终成眷属。此乃后话,表过不提。

[①] 拜伦:19世纪初期英国伟大的浪漫主义诗人,代表作《唐璜》。
[②] 《海罗德公子游记》:即《恰尔德·哈洛尔德游记》。

/ 一眨眼，算不算少年　一辈子，算不算永远 /

进了金大不久，我读到一本戏剧，叫作《温波街的巴府》①（*The Barretts of Wimpole Street* by Rudolph Besier），演的是诗人布朗宁追求巴家才女伊丽莎白（Elizabeth Barrett）的故事，一时兴起，竟然动笔翻译起来。这稚气的壮举可爱而又可哂。剧中对话的翻译，难在重现流利自然的语气，遇到英文的繁复句法，要能松筋活骨，消淤化滞。这对于大二的生手说来，无异是愚公移山。当时我只是出于兴趣，凭着本能，绝对无意投稿。译了十多页，留下不少问题，就知难而止了。其实要练就戏剧翻译的功力，王尔德天女散花的妙语要能接招，当时那惨绿少年还得等三十多年。

这就是我的青涩年代，上游风景的片段倒影。我的祖籍是福建永春，但是那闽南的山县只有在五六岁时才回去住过一年半载，那连绵的铁甲山水，后来只能向我承尧堂叔的画里去神游了。我以重九之日出生在南京，除了偶尔随母亲回她的娘家常州漕桥小住之外，抗战以前，也就是几岁以前，我一直住在那金陵古城，童稚的足印重重叠叠，总不出栖霞山、雨花台之间。前后我进过崔八巷小学、青年会中学、金陵大学，从一个"南京小萝卜"变成"南京大萝卜"。在石头城的悠悠岁月，我

---

① 《温波街的巴府》：即《红楼春怨》。

长得很慢，像一只小蜗牛，纤弱而敏感的触须虽然也曾向四面试探，结果是只留下短短的一痕银迹。

2

二〇〇〇年十月二日，正是重九之前三日，与我存乘机抵达南京。过了半个世纪再加一年，我们终于同到了这六朝故都，少年前尘。在我，不但是逆着时光隧道探入少年复童年，更是回到了此生的起点。在我存，也是在做了祖母之后才回来寻觅初中的豆蔻年华。机轮火急一触地，我的心猝然一震，冥冥中似乎记忆在撞门，怦然激起了满城回声。

南京大学中文系的胡有清教授来南郊的禄口机场迎接，新机场高速公路浩荡向北，引我们绕过雨花台，越过秦淮河，进入市区，进入了一个又像熟悉又像陌生的世界，只觉得背景隐隐，呼之欲出，前景栩栩，市声嚣嚣，遮不断历史的回响。胡教授左顾右盼，为我指点街景与名胜，不断问我以前是什么样子。他问的我大半答不出来，一切都在真幻之间，似曾相识，可惊又可疑。身为南京之子，面对南京竟已将信将疑，南京见我，只恐更难相认吧。毕竟是半世纪了，玄武湖的明眸能看透我这白头，认出当年仓皇出城的黑发少年吗？我见钟山多妩媚，从东晋以来便如此多娇,但钟山见我岂应如是?

汽车在鼓楼的红灯前停下,数字钟忐忑地倒数着秒,鸡鸣寺纤细的塔影召我于东天,像要提醒我什么。红灯转绿,熙攘的中央路引我们长驱北上,终于到了一栋双管齐上的圆顶高厦,玄武饭店。其中的一管有如平地登仙,将我们吸上了天去,整座南京城落到我们的脚底,连同街道市声红灯与绿灯,落下去,只为了腾出十里的空旷,秋高气爽,让紫金山在上面接受我们觐见,让玄武湖回过脸来,佩戴着翠洲与菱洲的螺髻黛鬟。猝不及防这一霎惊艳,安排得恰到好处,有如童年跟我捉了半世纪的迷藏,遍寻不见,忽然无中生有,跳出来猛跟我打个照面。一惊,一喜,一叹,我真的是回来了。

其后三天,或有赖胡有清、冯亦同诸位学者的导引,或接受久别的常州表亲联合来邀约,我们怀着孺慕耿耿、乡愁怯怯的心情,一一回瞻了孩时的名胜:中山陵、夫子庙、燕子矶、栖霞寺……半世纪来这些早成了记忆的坐标,梦的场景,每一个名字都有回音,可串成一排回音的长廊。南京湖多,不限于玄武与莫愁。朝阳门与正阳门之间的明代城墙下,有一弧波光潋滟怀抱着古城,状如新月,叫作月牙湖。十月五日的下午,江苏省及南京市的台港澳暨海外华文文学研究会,就在湖边的谭月楼上举办了一场"余光中文学作品研讨会",城影与波光之中，我有幸会晤了省垣的文坛人士，并聆听了陈辽、王尧、方忠、冯亦同、庄若江、刘红林等学者提出的论文。

但最能安慰孺子的孤寂并为我受难的魂魄祛魔收惊的，是玄武湖与中山陵。哀哀父母，生我劬劳。当年生我在这座古城，历经战乱，先是带我去四川，后又带我去海岛。七十三年后只剩我一人回到这起点，回到当初他们做新婚夫妇年轻父母的原来，但是他们太累了，却已在半途躺下，在命定的岛上并枕安息。

当年，甚至在我记忆的星云以前，他们一定常牵我甚至抱我来玄武湖上，摇桨荡舟，饕餮田田的荷香，饕餮之不足，还要用手绢包了煮熟的菱角回家去咀嚼，去回味波光流传的六朝余韵。这一切，一定像地下水一般渗进了我稚岁的记忆之根，否则我日后怎么会恋莲至此，吐不尽莲的联想的藕丝。

后来进了金大，每逢课后兴起，一声吆集，李夜光、江达灼、高文美，几位双轮骑士就并驾齐驱，向玄武门驰去。金大是近水楼台，不消一盏茶的工夫，我们已经像萍钱一般，浮沉在碧波上了。越过风吹鳞动的千顷琉璃，西望是明代的城楼，层砖密叠，雉堞隐隐。东望是着魔的紫金山，阴晴殊容，朝夕变色，天文台的圆顶像众翠簇拥的一粒白珠，可以指认。九州之大，名湖自多，但是像玄武湖这么一泓湛碧，倒映着近湖的半城堞影，远处的半天山色，且又水上浮洲洲际通堤的，还是少见。若你是仙人向下俯瞰，当可见湖的形状像一只菱角，令仙人也嘴馋。

在我这南京孩子的潜意识里，这盈盈湖水颇有母性，就是这一汪深婉与安详，温柔了我的幼年，妩媚了我的回忆。或许有人会说，长江浩淼，不是更具母性吗？当然是的，不过长江之长，奶水之旺，是南京与上游的江城水埠所共沾，不像玄武湖那么体己。

至于父性呢，该属紫金山了，尤其是中山陵。紫金山在南京的行政划分上，与玄武湖同属玄武区，但遍山林木苍翠，名胜古迹各殊气象，又称钟山风景区。这是登高临风悠然怀古的地方，是处青山好埋骨，墓有今有古，今人的墓有中山陵、谭延闿墓、廖仲恺与何香凝墓，古人的还有明孝陵与常遇春墓。但孩时印象最深，而海外孺慕最切的，是中山陵。

壮丽的中山陵是青年建筑家吕彦直的杰作。不知为何，许多中山陵的简介都不提设计人的名字。他是山东东平县人，字仲宣，又字古愚。孙中山一九二五年病逝于北京，次年一月他的陵墓就在紫金山第二峰小茅山起建，直到一九二九年春天才落成。吕彦直也死在这一年，才三十五岁。

宏伟的中山陵坐北朝南，灵谷寺与明孝陵拱于左右，占地近二千亩。从山下一路上坡，由四柱擎举的白石牌坊到三洞的陵门，是四百八十米长的墓道，入了陵门要穿过碑亭，踏三百九十二级石阶，才抵达祭堂。

那天秋气高爽，胡有清教授带我们去登临，本来已经走进了侧道，树荫疏处隐隐窥见陵貌庄严。我忽然觉得那样太草率了，五十年后终于浪子回头，孺子回家，应该虔诚些，像是典礼。于是我们原路退回去，郑重其事，从巍峨的牌坊起步，一路崇仰上去。

小茅山的坡势缓缓上升，吕彦直匠心的经营，琉璃青瓦的陡斜屋顶覆盖着花岗石的白壁，陵门上去是碑亭，更上去是祭堂，肃静而高洁，那气象，层层叠叠把中山陵推崇到顶点，举目只见人造的是白石青瓦的严整秩序，神造的是雪松水杉郁郁苍苍的自然生机，人工与神工天人合一，标举一种恢弘的意境。

从陵门前起步，浅灰的花岗石阶，三百九十二级，天梯一般把朝山的人群一级级接引向上，去攀附高处长眠的或许是仍未瞑目的灵魂。石阶宽敞，可容数十人并肩共登，更添天下为公的气象。或许吕彦直有意把整座石陵谱成一首深沉的安魂曲，用三百九十二琴键来按弹，但按的不是巴赫或肖邦的手指，是朝山者不绝于途的虔敬脚步。想当年有一个小学生，在女老师带领之下也曾与群童推挤着踏过这一长排白键，幼稚的童心该也再三听说过，脚下这坡道是引向崇高，但那首安魂曲究竟多深沉，却要经历过五十年的风吹雨打，从海外归来才能体会。

正是重九的前一日，高处风来，间歇可闻迟桂的清芬，隐隐若前人留传的美名。登到顶点已有些汗意，不禁在祭堂前回望人寰，才发现，咦，刚才攀登的数百级石阶竟都不见了，只见梯田一般的坡势变成了一幅幅宽坦的平台。原来由下而上，只见一层层阶级，不见中间的平台；到了高处，回望时阶级就悉被平台遮掉了。据说这正是吕彦直的匠心：朝山的人对陵顶的气魄仰之弥高，油然起敬而见贤思齐，但祭堂上坐着的大理石像，胸怀广阔，俯视只见坦然的平台，却无视于一阶一级。

3

十月四日的上午，胡有清教授带我们去寻访半世纪前我母校的校园。金陵大学早在五十年代之初并入了中央大学，改属于南京大学，所以地图上只见南大，不见金大了。金大校友会会长周伯埙、副会长冯致光，南大校友总会副会长贾怀仁、秘书长高澎陪我重游初秋的校园，并殷勤为我指点岁月的沧桑。

南京大学目前声誉日高，是中国排名前几位的重点学府。校园看来相当整洁，有些建筑显得古意盎然，例如昔日的小教堂，但风骨犹健，并不破落。李清照词"物是人非事事休"，正可印证半世纪后我的母校，虽已换了好几代人，而旧楼巍巍，树荫深深，规格仍在。似真疑幻，一霎间我成了老电影中迟暮的归客，恍然痴立在文理农三院鼎立的中庭，往事纷纷，像脱序倒带的前文提要，闪过惊扰的心神。若非校友会的诸君在旁解说，我真想倚在那棵金桂荫里，合上倦目，让风里的桂香袅袅引路，带我回到最后的——一九四八年的那一季秋天。也许高文美或者李夜光会抱着一叠书，从正中的文学院台阶上，随下课的同学们一涌而出，瞥见是我，会兴奋地向我跑来。但跑到一半，会忽然停步，一脸惊疑，发现树荫下向他们招手的并不是我，而是一个白发的老人。

我回过神来，发现自己是回来了，远从海峡的对面，回来了，但不是回到五十年以前，因为世纪都已经交班了。我站在母校三院拱立的中庭，还记得当年的景色并没有多少改变，这在那十年的大劫之后，在红卫兵狂舞着小红书鼓噪着破四旧之后，可说是十分幸运了。只是水杉与刺柏都长高了许多，而猖獗的爬藤，长茎纠缠着乱叶，早已迫不及待，攀上了方正的钟楼，恨不得把高窗全都攀满。

记得从前从家里来上课，总是踏着汉口街沙石的斜坡，隔着高过人头的篱树，隐约可窥三院的灰瓦屋顶，往往从钟楼顶上还会飘来音乐，恍惚迷离，奏的是舒曼的《梦幻曲》(*Traumerei*)。

"请问你就是余光中先生吗？"

我从藤蔓绸缪的楼塔上收回目光，一位青年停在我们面前，笑容热切，负着背包。我含笑点头，胡教授问他，怎么认出是我。

"我读过余先生的书，见过照片。"他说。

"余先生是我们南大的校友，"胡教授说，"五十年第一次回来。"

"真的呀？"那学生十分惊喜，要求与我合照。

"这几天我们国庆放长假，"望着那学生的背影，胡教授解释，"校园里冷冷清清，否则就难脱身了。"

说着，众人来到了老图书馆前。一进门，磨石地板上赫然镶着一轮圆整的校徽，白底清纯，衬托出篆书的"金陵"两个大金字，各为半圆，直径超过四尺。我搜索失焦的记忆，不确定以前是否就如此。校友会诸君都说，正是原来所镶的校徽。

"以前的做工就是这么认真，"我存羡叹，"到现在都没有缺陷！"

我走进阴深的大阅览厅，一步，就跨回了五十年前。空厅无人，只留下一排排走不掉的红木靠背椅子，仍守住又长又厚实的红漆老桌，朝代换了，世纪改了，这满厅摆设的阵势却仍然天长地久，叫作金陵。我抽出一张椅子来，以肘支桌，坐了一会儿。舒曼的《梦幻曲》弥漫在冷寂的空间，隐隐可闻。我相信，若是我一个人来，只要在这被祟的空厅上坐得够久，李夜光、高文美、江达灼那一伙同学就会结束半世纪捉迷藏的游戏，"哇"的一声，从隐身处一起跳出来迎我。

当天下午我访问了南京大学中国现代文学研究中心，并以"创作与翻译"为题在校园公开演讲。虽在十一大假期间，而且只贴出一张小海报，留校的学生却无中生有忽然涌现，文学院措手不及，三迁会场才能够开始。师生都来得很多，情绪也十分热烈。听众的兴奋令讲者意气风发，讲者的慷慨更加鼓舞了听众。中文的"演讲"也好，"讲演"也好，不但要讲，多少还要演，所以显得生动。对比之下，英文的 talk 只讲不演，就不及中文传神。

能在自己的生日回到自己的出生地，用自己的母语对同样是金陵的子弟，诉说自己对这母语的孺慕与经营；能回到中国对这么多中国的少年诉说，仓颉所造、许慎所解、李白所舒放、杜甫所旋紧、义山所织锦、雪芹所刺绣的中文，有怎样的危机有怎样的新机，切不可败在我们的手里——能这样，该是多大的快慰。

几百双乌亮而年轻的眼瞳，正睽睽向我聚焦。那样灼灼的神情令演讲人感动。我当年听讲，也是那样的神情吗？想当年战火正烈，我怀着凄惶的心情，随父母出京南行，投向渺不可测的未来，正是他们这年纪。

　　掉头一去是风吹黑发，回首再来已雪满白头。

　　悠长的岁月，在对岸听到的是不断的运动接运动，继以神州浩劫的十年，庆幸自己是逃过了。但回到了此岸，见后土如此多娇，年轻的一代如此的可爱，正是久晴的秋日，石头城满城的金桂盛开，那样高贵的嗅觉飘扬在空中，该是乡愁最敏的捷径。想长江流域，从南京一直到武汉，从南大的校园一直到华中师大的桂子山，长风千里，吹不断这似无又有欲断且续的一阵阵秋魂桂魄。这么想着，又觉得这些年来，幸免的固然不少，但错过的似乎也很多。想这些年来，我教过的学生遍布了台湾与香港，甚至还包括金发与碧瞳，但是几时啊，我不禁自问，你才把桃李的青苗栽在江南，种在关外？

　　　　　　　　　　二〇〇一年十月于高雄西子湾

自豪与自幸
——我的国文启蒙

每个人的童年未必都像童话,但是至少该像童年。若是在都市的红尘里长大,不得亲近草木虫鱼,且又饱受考试的威胁,就不得纵情于杂学闲书,更不得看云听雨,发一整个下午的呆。我的中学时代在四川的乡下度过,正是抗战,尽管贫于物质,却富于自然,裕于时光,稚小的我乃得以亲近山水,且涵泳中国的文学。所以每次忆起童年,我都心存感慰。

我相信一个人的中文根柢,必须深固于中学时代。若是等到大学才来补救,就太晚了,所以大一国文之类的课程不过虚设。我的幸运在于中学时代是在纯朴的乡间度过,而家庭背景和学校教育也宜于学习中文。

一九四〇年秋天,我进入南京青年会中学,成为初一的学生。那家中学在四川江北县悦来场,靠近嘉陵江边,因为抗战,才从南京迁去了当时所谓的"大后方"。不能算是什么名校,但是教学认真。我的中文跟英文底子,都是在那几年打结实的。尤其是英文老师孙良骥先生,严谨而又关切,对我的教益最多。当初若非他教我英文,日后我是否进外文系,大有问题。

至于国文老师,则前后换了好几位。川大毕业的陈梦家先生,兼授国文和历史,虽然深度近视,戴着厚如酱油瓶底的眼镜,却非目光如豆,学问和口才都颇出众。另有一位国文老师,已忘其名,只记得仪容儒雅,身材高大,不像陈老师那么不修边幅,甚至有点邋遢。更记得他是北师大出身,师承自多名士耆宿,就有些看不起陈先生,甚至溢于言表。

高一那年,一位前清的拔贡来教我们国文。他是戴伯琼先生,年已古稀,十足是川人惯称的"老夫子"。依清制科举,每十二年由各省学政考选品学兼优的生员,保送入京,也就是贡入国子监,谓之拔贡。再经朝考及格,可充京官、知县或教职。如此考选拔贡,每县只取一人,真是高材生了。戴老夫子应该就是巴县(即江北县)的拔贡,旧学之好可以想见。冬天他来上课,步履缓慢,意态从容,常着长衫,戴黑帽,坐着讲书。至今我还记得他教周敦颐的《爱莲说》,如何摇头晃脑,用川腔吟诵,有金石之声。这种老派的吟诵,随情转腔,一咏三叹,无论是当众朗诵或者独自低吟,对于体味古文或诗词的意境,最具感性的功效。现在的学生,甚至主修中文系的,也往往只会默读而不会吟诵，与古典文学不免隔了一层。

为了戴老夫子的耆宿背景，我们交作文时，就试写文言。凭我们这一手稚嫩的文言，怎能入夫子的法眼呢？幸而他颇客气，遇到交文言的，他一律给六十分，后来我们死了心，改写白话，结果反而获得七八十分，真是出人意外。

有一次和同班的吴显恕读了孔稚珪[①]的《北山移文》，佩服其文采之余，对纷繁的典故似懂非懂，乃持以请教戴老夫子，也带点好奇，有意考他一考。不料夫子一瞥题目，便把书合上，滔滔不绝，不但我们问的典故他如数家珍地详予解答，就连没有问的，他也一并加以讲解，令我们佩服之至。

国文班上，限于课本，所读毕竟有限，课外研修的师承则来自家庭。我的父母都算不上什么学者，但他们出身旧式家庭，文言底子照例不弱，至少文理是晓畅通达的。我一进中学，他们就认为我应该读点古文了，父亲便开始教我魏征的《谏太宗十思疏》，母亲也在一旁帮腔。我不太喜欢这种文章，但感于双亲的谆谆指点，也就十分认真地学习。接下来是读《留侯论》，虽然也是以知性为主的议论文，却淋漓恣肆，兼具生动而铿锵

---

① 孔稚珪：南朝齐骈文家。刘宋时，曾任尚书殿中郎。齐武帝永明年间，任御史中丞。齐明帝建武初年，上书建议北征。死后追赠金紫光禄大夫。

的感性，令我非常感动。再下来便是《春夜宴桃李园序》《吊古战场文》《与韩荆州书》《陋室铭》等几篇。我领悟渐深，兴趣渐浓，甚至倒过来央求他们多教一些美文。起初他们不很愿意，认为我应该多读一些载道的文章，但见我颇有进步，也真有兴趣，便又教了《为徐敬业讨武曌檄》《滕王阁序》《阿房宫赋》。

父母教我这些，每在讲解之余，各以自己的乡音吟哦给我听，父亲诵的是闽南调，母亲吟的是常州腔，古典的情操从乡音深处召唤着我，对我都有异常的亲切。就这么，每晚就着摇曳的桐油灯光，一遍又一遍，有时低回，有时高亢，我习诵着这些古文，忘情地赞叹骈文的工整典丽，散文的开阖自如。这样的反复吟咏，潜心体会，对于真正进入古人的感情，去呼吸历史，涵泳文化，最为深刻、委婉。日后我在诗文之中展现的古典风格，正以桐油灯下的夜读为其源头。为此，我永远感激父母当日的启发。

不过那时为我启蒙的，还应该一提二舅父孙有孚先生。那时我们是在悦来场的乡下，住在一座朱氏宗祠里，山下是南去的嘉陵江，涛声日夜不断，入夜尤其撼耳。二舅父家就在附近的另一个山头，和朱家祠堂隔谷相望。父亲经常在重庆城里办公，只有母亲带我住在乡下，教授古文这件事就由二舅父来接手。他比父亲要闲，旧学造诣也似较高，而且更加喜欢美文，正合我的抒情倾向。

他为我讲了前后《赤壁赋》和《秋声赋》，一面捧着水烟筒，不时滋滋地抽吸，一面为我娓娓释义，哦哦诵读。他的乡音同于母亲，近于吴侬软语，纤秀之中透出儒雅。他家中藏书不少，最吸引我的是一部插图动人的线装《聊斋志异》。二舅父和父亲那一代，认为这种书轻佻侧艳，只宜偶尔消遣，当然不会鼓励子弟去读。好在二舅父也不怎么反对，课余任我取阅，纵容我神游于人鬼之间。

后来父亲又找来《古文笔法百篇》《幼学琼林》《东莱博议》之类，抽教了一些。长夏的午后，吃罢绿豆汤，父亲便躺在竹睡椅上，一卷接一卷地细览他的《纲鉴易知录》[1]，一面叹息盛衰之理，我则畅读旧小说，尤其耽看《三国演义》《西游记》《水浒传》，甚至《封神榜》《东周列国志》《七侠五义》《包公案》《平山冷燕》等等也在闲观之列，但看得最入神也最仔细的，是《三国演义》，连草船借箭那一段的《大雾迷江赋》也读了好几遍。至于《儒林外史》和《红楼梦》，是要到进了大学才认真阅读。当时初看《红楼梦》，只觉其婆婆妈妈，很不耐烦，竟半途而废。早在高中时代，我的英文已经颇有进境，可以自修《莎氏乐府本事》(*Tales from Shakespeare* : by Charles Lamb)，甚至

---

[1] 《纲鉴易知录》：清代学者吴乘权编辑的史书。该书是一部记载从传说时代至明末历史的纲目体通史。

试译拜伦《海罗德公子游记》的片段。只怪我野心太大，头绪太多，所以读中国作品也未能全力以赴。

我一直认为，不读旧小说难谓中国的读书人。"高眉"（high-brow）的古典文学固然是在诗文与史哲，但"低眉"（low-brow）的旧小说与民谣、地方戏之类，却为市井与江湖的文化所寄，上至骚人墨客，下至走卒贩夫，广为雅俗共赏。身为中国人而不识关公、包公、武松、薛仁贵、孙悟空、林黛玉，是不可思议的。如果说庄、骚、李、杜、韩、柳、欧、苏是古典之葩，则西游、水浒、三国、红楼正是民俗之根，有如圆规，缺其一脚必难成其圆。

读中国的旧小说，至少有两大好处。一是可以认识旧社会的民情风土、市井江湖，为儒道释俗化的三教文化作一注脚；另一则是在文言与白话之间搭一桥梁，俾在两岸自由来往。当代学者慨叹学子中文程度日低，开出来的药方常是"多读古书"。其实目前学生中文之病已近膏肓，勉强吞咽几丸《孟子》或《史记》，实在是杯水车薪，无济于事，根柢太弱，虚不受补。倒是旧小说融贯文白，不但语言生动，句法自然，而且平仄妥帖，词汇丰富；用白话写的，有口语的流畅，无西化之夹生，可谓旧社会白话文的"原汤正味"，而用文话写的，如《三国演义》《聊斋志异》与唐人传奇之类，亦属浅近文言，便于白话过渡。加以故事引人入胜，这些小说最能使青年读者潜化于无形，耽读之余，不知不觉就把中文摸熟弄通，虽不足从事什么声韵训诂，至少可以做到文从字顺，达意通情。

我那一代的中学生，非但没有电视，也难得看到电影，甚至广播也不普及。声色之娱，恐怕只有靠话剧了，所以那是话剧的黄金时代。一位穷乡僻壤的少年要享受故事，最方便的方式就是读旧小说。加以考试压力不大，都市娱乐的诱惑不多而且太远，而长夏午寐之余，隆冬雪窗之内，常与诸葛亮、秦叔宝为伍，其乐何输今日的磁碟、录影带、卡拉OK？而更幸运的，是在"且听下回分解"之余，我们那一代的小"看官"们竟把中文读通了。

同学之间互勉的风气也很重要。巴蜀文风颇盛，民间素来重视旧学，可谓弦歌不辍。我的四川同学家里常见线装藏书，有的可能还是珍本，不免拿来校中炫耀，乃得奇书共赏。当时中学生之间，流行的课外读物分为三类：即古典文学，尤其是旧小说；新文学，尤其是三十年代白话小说；翻译文学，尤其是帝俄与苏联的小说。三类之中，我对后面两类并不太热衷，一来因为我勤读英文，进步很快，准备日后直接欣赏原文，至少可读英译本，二来我对当时西化而生硬的新文学文体，多无好感，对一般新诗，尤其是普罗八股，实在看不上眼。同班的吴显恕是蜀人，家多古典藏书，常携来与我共赏，每遇奇文妙句，辄同声啧啧。有一次我们迷上了《西厢记》，爱不释手，甚至会趁下课的十分钟展卷共读，碰上空堂，更并坐在校园的石阶上，膝头摊开张生的苦恋，你一节，我一段，吟咏什么"颠不刺的见了万千，似这般可喜娘的庞儿罕曾见"。后来发现了苏曼殊的《断鸿零雁记》，也激赏了一阵，并传观彼此抄下的佳句。

至于诗词，则除了课本里的少量作品以外，老师和长辈并未着意为我启蒙，倒是性之相近，习以为常，可谓无师自通。当然起初不是真通，只是感性上觉得美，觉得亲切而已。遇到典故多而背景曲折的作品，就感到隔了一层，纷繁的附注也不暇细读。不过热爱却是真的，从初中起就喜欢唐诗，到了高中更兼好五代与宋之词，历大学时代而不衰。

最奇怪的，是我吟咏古诗的方式，虽得闽腔吴调的口授启蒙，兼采二舅父哦叹之音，日后竟然发展成唯我独有的曼吟回唱，一波三折，余韵不绝，跟长辈比较单调的诵法全然相异。五十年来，每逢独处寂寞，例如异国的风朝雪夜，或是高速长途独自驾车，便纵情朗吟"弃我去者昨日之日不可留，乱我心者今日之日多烦忧！"或是"长洪斗落生跳波，轻舟南下如投梭，水师绝叫凫雁起，乱石一线争磋磨！"顿觉太白、东坡就在肘边，一股豪气上涌唐宋。若是吟起更高古的"老骥伏枥，志在千里。烈士暮年，壮心不已"，意兴就更加苍凉了。

《晋书·王敦传》说王敦酒后，辄咏曹操这四句古诗，一边用玉如意敲打唾壶作节拍，壶边尽缺。清朝的名诗人龚自珍有这么一首七绝:"回肠荡气感精灵,座客苍凉酒半醒。自别吴郎高咏减,珊瑚击碎有谁听?"说的正是这种酒酣耳热,纵情朗吟,而四座共鸣的豪兴。这也正是中国古典诗感性的生命所在。只用今日的国语来读古诗或者默念,只恐永远难以和李杜呼吸相通,太可惜了。

前年十月,我在英国六个城市巡回诵诗。每次在朗诵自己作品六七首的英译之后,我一定选一两首中国古诗,先读其英译,然后朗吟原文。吟声一断,掌声立起,反应之热烈,从无例外。足见诗之朗诵具有超乎意义的感染性,不幸这种感性教育今已荡然无存,与书法同一式微。

去年十二月,我在"第二届中国文学翻译国际研讨会"上,对各国的汉学家报告我中译王尔德喜剧《温夫人的扇子》的经验,说王尔德的文字好炫才气,每令译者"望洋兴叹"而难以下笔,但是有些地方碰巧,我的译文也会胜过他的原文。众多学者吃了一惊,一起抬头等待下文。我说:"有些地方,例如对仗,英文根本比不上中文。在这种地方,原文不如译文,不是王尔德不如我,而是他捞过了界,竟以英文的弱点来碰中文的强势。"

我以身为中国人自豪,更以能使用中文为幸。

一九九三年一月

第 3 章

人间万事皆成文

原来世间的万事万物皆有关联，真所谓牵一发而动全身。你站在桥上看风景，另有一人却在高处观赏，连你也一起看了进去，成为风景的一部分，有如山水画中的一个小人。

失帽记

二〇〇八年的世界有不少重大的变化,其间有得有失。这一年我自己年届八十,其间也得失互见:得者不少,难以细表;失者不多,却有一件难过至今——我失去了一顶帽子。

一顶帽子值得那么难过吗?当然不值得,如果只是一顶普通的帽子,哪怕是高价的名牌也不值得。但是去年我失去的那顶,不幸失去的那一顶,绝不普通。

帅气、神气的帽子我戴过许多顶,头发白了稀了之后尤其喜欢戴帽。一顶帅帽遮羞之功,远超过假发。丘吉尔和戴高乐同为第二次世界大战之英雄,但是戴高乐戴了高帽尤其英雄,所以戴高乐戴高帽而乐之,所以我也从未见过戴高乐不戴高帽。

戴高乐那顶高卢军帽丢过没有,我不得而知。我自己好不容易选得合头的几顶帅帽,却无一久留,全都不告而别:其中包括两顶苏格兰呢帽,一顶大概是掉在英国北境餐厅,另一顶则应遗失在莫斯科某旅馆；还有第三项是在加拿大维多利亚港的布恰花园所购，白底红字，状若戴高乐的圆筒鸭舌军帽而其筒较低，当日戴之招摇过市，风光了一时，后竟不明所终。

一个人一生最容易丢失也丢得最多的，该是帽与伞。其实伞也是一种帽子，虽然不戴在头上，毕竟也是为遮头所设，而两者所以易失，也都是为了主人要出门，所以终于和主人永诀，更都是因为同属身外之物，一旦离手离头，几次转身就被主人给忘了。

帽子有关风流形象。独孤信出猎暮归，驰马入城，其帽微侧，吏人慕之，翌晨戴帽尽侧。千年之后，纳兰性德的词集亦称《侧帽》。孟嘉重九登高，风吹帽落，浑然不觉。桓温命孙盛作文嘲之，孟嘉也作文以答，传为佳话，更成登高典故。杜甫七律《九日蓝田崔氏庄》并有"羞将短发还吹帽，笑倩旁人为正冠"之句。他的《饮中八仙歌》更写饮者的狂态："张旭三杯草圣传，脱帽露顶王公前。"尽管如此，失帽却与风流无关，只和落拓有份。

去年十二月中旬，香港中文大学图书馆为我八秩[①]庆生，举办了书刊手稿展览，并邀我重回沙田去签书、演讲。现场相当热闹，用媒体流行的说法，就是所谓人气颇旺。联合书院更编

---

① 八秩：八十岁。

印了一册精美的场刊,图文并茂地呈现我香港时期十一年在学府与文坛的各种活动,题名《香港相思——余光中的文学生命》,在现场送给观众。典礼由黄国彬教授代表文学院致辞,除了联合书院冯国培院长、图书馆潘明珠副馆长、中文系陈雄根主任等主办人之外,与会者更包括了昔日的同事卢玮銮、张双庆、杨钟基等,令我深感温馨。放眼台下,昔日的高足如黄坤尧、黄秀莲、樊善标、何杏枫等,如今也已做了老师,各有成就,令人欣慰。

演讲的听众多为学生,由中学老师带领而来。讲毕照例要签书,为了促使长龙蠕动得较快,签名也必须加速。不过今日的粉丝不比往年,索签的要求高得多了:不但要你签书、签笔记本、签便条、签书包、签学生证,还要题上他的名字、他女友的名字,或者一句赠言,当然,日期也不能少。那些名字往往由索签人即兴口述,偏偏中文同音字最多。"什么hui?恩惠的惠吗?""不是的,是智慧的慧。""也不是,是恩惠的惠加草字头。"乱军之中,常常被这么乱喊口令。不仅如此,一粉丝在桌前索签,另一粉丝却在你椅后催你抬头、停笔、对准众多相机里的某一镜头,与他合影。笑容尚未收起,而夹缝之中又有第三只手伸来,要你放下一切,跟他"交手"。

这时你必须全神贯注,以免出错。你的手上,忽而是握着自己的笔,忽而是他人递过来的,所以常会掉笔。你想喝茶,却鞭长莫及。你想脱衣,却匀不出手。你内急已久,早应泄洪,却不容你抽身疾退。这时,你真难身外分身,来护笔、护表、护稿、扶杯。主办人焦待于旋涡之外,不知该纵容还是喝止炒热了的粉丝。

去年底在中文大学演讲的那一次,听众之盛况不能算多么拥挤,但也足以令我穷于应付,心神难专。等到曲终人散,又急于赶赴晚宴,不遑检视手提包及背袋,代提的主人又川流不息,始终无法定神查看。餐后走到户外,准备上车,天寒风起,需要戴帽,连忙逐袋寻找,这才发现,我的帽子不见了。

事后几位主人回去现场,又向接送的车中寻找,都不见帽子踪影。我存和我,夫妻俩像侦探,合力苦思:最后确见那帽子是在何时、何地,所以应该排除在某地、某时失去的可能……诸如此类过程。机场话别时,我仍不放心,还谆谆嘱咐潘明珠、樊善标,如果寻获,务必寄回高雄给我。半个月后,他们把我因"积重难返"而留下的奖牌、赠书、礼品等寄到台湾。包裹层层解开,真相揭晓,那顶可怜的帽子,终于是丢定了。

仅仅为了一顶帽子,无论有多贵或是多罕见,本来也不会令我如此大惊小怪。但是那顶帽子不是我买来的,也不是他人送的,而是我身为人子继承得来的——那是我父亲生前戴过的,后来成了他身后的遗物,我存整理所发现,不忍径弃,就说动我且戴起来。果然正合我头,而且款式潇洒,毛色可亲,就一直戴下去了。

那顶帽子呈扁楔形,前低后高,戴在头上,由后脑斜压向前额,有优雅的缓缓坡度,大致上可称"贝雷软帽"(beret),常覆在法国人头顶。至于毛色,则圆顶部分呈浅陶土色,看来温暖体贴;四周部分前窄后宽,织成细密的十字花纹,为淡米黄色。戴在我的头上,倜傥风流,有欧洲名士的超逸,不止一次赢得研究所女弟子的青睐。但帽内的乾坤,只有我自知冷暖,天气愈寒,尤其风大时,帽内就愈加温暖,仿佛父亲的手掌正护在我头上,掌心对着脑门。毕竟,同样的这一顶温暖曾经覆盖过父亲,如今移爱到我的头上,恩佑两代,不愧是父子相传的忠厚家臣。

回顾自己的前半生,有幸集双亲之爱,才有今日之我。当年父亲爱我,应该不逊于母亲。但小时我不常在他身边,始终呵护着我庇佑着我的,甚至在抗战沦陷区逃难,生死同命的,是母亲。呵护之亲,操作之劳,用心之苦,凡她力之所及,哪一件没有为我做过?反之,记忆中父亲从来没打过我,甚至也从未对我疾言厉色,所以绝非什么严父。不过父子之间始终也不亲热。小时候他倒是常对我讲论圣贤之道,勉励我要立志立功。长夏的蝉声里,倒是有好几次父子俩坐在一起看书:他靠在躺椅上看《纲鉴易知录》,我坐在小竹凳上看《三国演义》。

冬夜的桐油灯下，他更多次为我启蒙，苦口婆心引领我进入古文的世界，点醒了我的汉魄唐魂。张良啦，魏征啦，太史公啦，韩愈啦，都是他介绍我初识的。

后来做父亲的渐渐老了，做儿子的越长越大了，各忙各的。他宦游在外，或是长期出差数下南洋，或担任同乡会理事长，投入乡情侨务；我则学府文坛，烛烧两头，不但三度旅美，而且十年居港，父子交集不多。自中年起他就因关节病苦于脚痛，时发时歇，晚年更因青光眼近于失明。二十三年前，我接中山大学之聘，由香港来高雄定居。我存即毅然卖掉台北的故居，把我的父亲、她的母亲一起接来高雄安顿。

许多年来，父亲的病情与日常起居，幸有我存悉心照顾，并得我岳母操劳陪伴。身为他的独子，我却未能经常省视侍疾，想到五十年前在台大医院的加护病房，母亲临终时的泪眼，谆谆叮嘱："爸爸你要好照顺。"实在愧疚无已。父亲和母亲鹣鲽情深①，是我前半生的幸福所赖。只记得他们大吵过一次，却几乎不曾小吵。母亲逝于五十三岁，长她十岁的父亲，尽管亲友屡来劝婚，却终不再娶，鳏夫的寂寞守了三十四年，享年，还是忍年，九十七岁。

可怜的老人，以风烛之年独承失明与痛风之苦，又不能看

---

① 鹣鲽情深：比喻人与人之间感情深厚，特别是夫妻之间的感情。

报看电视以遣忧,只有一架古董收音机喋喋为伴。暗淡的孤寂中,他能想些什么呢?除了亡妻和历历的或是渺渺的往事,除了独子为什么不常在身边;而即使在身边时,也从未陪他久聊一会儿,更从未握他的手或紧紧拥抱住他的病躯;更别提四个可爱的孙女,都长大了吧——但除了幼珊之外,又能听得见谁的声音?

长寿的代价,是沧桑。

所以在遗物之中竟还保有他常戴的帽子,无疑是我继承的最重要的遗产。父亲在世,我对他爱得不够,而孺慕耿耿也始终未能充分表达。想必他内心一定感到遗憾,而自他去后,我遗憾更多。幸而还留下这么一顶帽子,未随碑石俱冷,尚有余温,让我戴上,幻觉未尽的父子之情,并未告终;幻觉依靠这灵媒之介,犹可贯通阴阳,串联两代,一时还不致径将上一个戴帽人完全淡忘。这一份与父共帽的心情,说得高些,是感恩;说得重些,是赎罪。不幸,连最后的这一点凭借竟也都失去,令人悔恨。

寒流来时,风势助威,我站在岁末的风中,倍加畏冷。对不起,父亲。对不起,母亲。

二〇〇九年四月

片瓦渡海

1

从江北国际机场出来,天已经黑下来了。毕竟是内陆气候,正在寒露与霜降之间,夜凉侵肘,告诉远客,北回归线的余炎早抛在背后了。明蓉把我们接上工商大学的校车,平直宽坦的高速公路把我们迎去南岸。路灯高而且密,灯光织成繁华的气氛。不过长途的终点若是一个陌生的城市,而抵达时又已天黑,就会有梦幻之感,感到有点恍惚不安。

说重庆是一个"陌生"城市,未免可笑。少年时代我在这一带足足住过七年,怎么形容也绝非陌生;但毕竟是六十年前的事情,沧桑之余,无论如何也绝非"熟悉"了。车向南行,渐浓的夜色中,明蓉指着对江的一簇簇摩天楼说:"那边正是重庆,你还认得出吗?"我怎么认得出呢?成簇成丛的蜃楼水市,千门万户，几乎都在五十层以上。六十年不见，重庆不但长大了，而且长高了那么多，而且灯火那么热闹，反而年轻起来。不但我不敢认它，它，只怕更不认我了吧？

第二天一早，王崇举校长就来翠林宾馆，陪我们夫妻在校园散步。校园很广，散布在斜向江岸的山坡上，高楼丛树，随坡势上下错落，回旋掩映，所以散步就是爬山。秋雨霏霏，王校长和我共伞，一边指点着寒林深涧，有山泉冷冷流来，穿石桥更往下注。他又带我们和徐学转上一条很陡的山径，青板石阶盘旋南去，没入蔽天林荫。他说这条路叫作"渝黔古道"，工商大学的校园正是起点。我们仰望一径通幽，怀古未已，王校长又带我们曲折下山，来到一口井旁。那是一口开敞的古井，宽约四尺见方，水面一片虚明。王校长说这是传说已久的仙泉，饮之可除百病，而且不论雨旱，总是水量饱满。我立刻用瓢舀了仙水，浅尝了一口，顿觉清甘入喉，又喂了我存一口。这才注意到附近的瓶瓶罐罐，散置了一地，村民或用手提，或用车推，几乎不绝于途。黄老之治的校长在一旁顾而乐之，有福与民共享。

两岸交流以来，这是我第三次访蜀，却是第一次访渝。承蒙蜀人厚爱，每一次待我都像游子还乡，媒体报导都洋溢乡情。这一次回重庆，前后七天，演讲三次，前两次在工商大学与教育学院，依次是"中文不朽——面对全球化的母语""诗与音乐"。第三讲在三峡博物馆，题为"旅行与文化"。此外，工商大学更为我安排了紧凑的日程，先后带我去了朝天门、瓷器口、悦来镇、大足石刻博物馆、江碧波画室、重庆艺术学院。

2

凡是未登朝天门北望的人，都不能自称到过重庆。因为这是水陆重庆的看台，巴蜀向世界敞开的大门。有人不免会想到三峡，不过三峡长胜于宽，历史与传说回音不断，就像河西走廊一样，与其说是大门，不如说是长廊。

门谓朝天，据说是明初戴鼎建城，依九宫八卦之数置门十七之多；朝天门在重庆半岛尖端，面向帝都金陵，百官迎接御史，就在此门。

细雨洒面，烟波浩渺，嘉陵江从西来，就在广场的脚下汇入了长江的主流，共同滚滚北去，较清的一股是嘉陵之水，主流则呈现黄褐。江面颇宽，合流处更形空阔。俯临在水城上空，重庆、江北、南岸，鼎立而三，矗起的立体建筑，遥遥相望，加上层楼背后的山影叠翠，神工之雄伟，人力之壮丽，那气象，该是西南第一。

倚立在螺旋形栏杆旁边，我有"就位"之感。此刻我站的位置，正是少年时代回忆的焦点，因为两条大河在此合流，把焦点对准了。人云回乡可解乡愁,其实未必。时代变得太快,沧桑密度加深。六十年前,在这码头随母亲登上招商局的轮船,一路顺流回去"下江"的,是一个十八岁的男孩,胜利还乡的喜悦,并不能抵偿离蜀的依依。那许多好同学啊,一出三峡,此生恐怕就无缘重见了。那时的重庆,尽管是战时的陪都,哪有今日的重庆这么高俊、挺拔?朝天门简陋的陡坡上,熙熙攘攘,大呼小叫的,多是黝黑瘦小的挑夫、在滑竿重负下喘息的轿夫、背行李提包袱的乡人,或是蹲在长凳上抽旱烟的老人。因为抗战苦啊蜀道更难,我这羞怯的乡下孩子进一趟城是天大的事,步行加上骑小川马,至少一整个下午;而坐小火轮顺嘉陵江南下,一路摇摇摆摆,马达声虐耳扑扑不停,也得耗两个钟头。那时候,泡茶馆是小市民主要的消遣;加一包花生、瓜子或蚕豆,就可以围着四方小桌或躺在竹睡椅上,逍遥半个夏日,或打瞌睡,或看旧小说与俄国小说的译本,或看晚报,或与三两好友"摆龙门阵"[①]。这一切比起今日的咖啡馆、火锅店、星巴克店,似乎太土太老旧了,但今日的重庆,新而又帅,高而又炫,却无门可通我的少年世界。

不过倚望着逝者如斯,不舍昼夜,我仍然有"归位"的快

[①] 摆龙门阵:中国民间文化活动形式,流传于我国西南地区。指三五人相聚或两人一起同行、玩耍、做活时讲故事、聊天等。

感。人造的世界虽剧变而难留，神辟的天地仍凿凿可以指认。脚下这两条洪流，长江远从漠漠的青藏高原，嘉陵江远从巍巍的秦岭，一路澎湃，排开千山万壁的阻碍，来这半岛的尖端会师，然后北上东去，去撞开三峡的窄门，浩荡向海。这千古不爽的约会，任何人力都休想阻挡。如果黄河是民族的父河，长江该是民族的母江，永不断奶，永远不可以断奶。江河是山岳派去朝海的使者，支流与溪川，扈从①无数。嘉陵江簇拥着长江，是何等壮阔的气派，这气派，到下游汉水率百川来追随，我也曾在晴川阁上豪览。

我这一生，不是依江，便是傍海，与水世界有缘。生在南京，童年多在江南的泽国，脚印无非沿着京沪铁轨，广义说来，长江下游是我的摇篮、木马。抗战时期，日本人把我从下游赶来上游，中学六年就在这脚下茫茫的江水，嘉陵投怀于母水的三角地带，涛声盈耳地度过。战后回到石头城，又归位于浩荡的下游。所以我的早年岁月，总离不开这一条母河。至于其余岁月，不是香港，就是台湾，河短而海阔，一条条水平线伴我，足足三十二年。

而今重上朝天门，白首回望，虽然水非前水，但是江仍故江，而望江的我，尽管饱经风霜，但世故的深处仍未泯当年那

---

① 扈从：随从。

"川娃儿"跃跃的童心。

3

那一片未泯的童心引我,在访渝的第五天,载欣载奔,终于回到悦来场。

毕竟是六十年前的事了,为了我能够顺利寻根,重庆工商大学的胡明蓉女士事先曾三度到北郊的悦来场,去探访我的母校与故居。时光的迷雾岂能一拨就开?苏武回头不过十九年,陆游再遇也仅四十年,而过了六十载呢,岂能奢求母校与故居依旧,痴痴地等一个少年回家。明蓉锲而不舍,旧址是找到了,但是屋舍都已经拆了改建,连老树也未能逃过斧锯。所幸长寿的人还留下一些,犹可见证我劫后归来的幼稚前身。

最后,她给了我一张"清单",上面的十五个人名分成四类,计有青年会中学的同班同学两人,校友十人,童年玩伴两人,校工一人,每人名后还注明现况与电话号码。她还说,名单上的人大半会来迎接,住得远的会有的士接送。

那一天阴雨顿歇,一行人乘了两辆车向北驶去。悦来场在重庆北方约四十公里,是渝北区所辖,现已改名悦来镇。到镇上已近中午,与区镇领导、媒体记者等有简短的会谈,接着便去看江边的码头。

浓绿的树荫下，石阶宽阔，顺着坡势斜落向江边。连日秋雨，阶石和草坡还没有收干，泥味和水汽沆瀣一体，唤醒记忆深处蠢蠢的嗅觉。青苔满布在石砌的短栏上，阴郁一如当年。最难忘的是坡底滔滔的江水，一路迂回从秦中流来，到此江阔水盛，已成下游，流势却仍湍急，与我少年的脉搏呼应。

我在外这么多年，祖国的江湖由大变小，由深变浅，由清波变成浊流，最令回头的浪子伤心。黄河，你怎么瘦了呢？长江，你怎么浊了呢？最令我惘然的，是水运宪、李元洛带我在岳阳楼下坐小艇去君山，湖波浩淼，与天争地，那气象，仍然说得上"乾坤日夜浮"。千层的浪头起伏，汽艇快时，似乎犯了众怒，汹汹然都来船头拦阻，来船尾追逐。遗憾的是湖水一概浑浊，实在对不起古来咏湖的名句。这么多年，我常对着地图，幻想思乡之渴可以豪饮洞庭。但眼前这不清的洪涛，岂能解渴？"浮光跃金，静影沉璧"的透澈，只能向《岳阳楼记》去奢求了吧。

所以近年在水上行旅，偶见清波畅流，就特别赏心注目，甚至喜极泪下。去年端午在汨罗江边祭屈，见到水清流畅，觉得这样的江水还值一投。此刻我回到嘉陵江边，发现流势仍旺，水色未浑，梦中的童活依然未损，终于宽心一笑，向坡底的沙岸走去。

水边铺石为台，就算是小码头了，但不见船来投靠，一如六十年前。只有三五妇人，对着江水在洗衣服，背后散置着五颜六色的塑胶桶或竹篓，令我想起当年粗衣陋桶、木杵捣捶的村姑。她们见一糟老头子，后面跟着一群领导和媒体，约略知道是怎么回事，再见有人照相，就纷纷要把大篓小桶之类清出现场。我大声说："不要拿开，就是要照你们随便的样子，愈乱愈好！"大家笑了。我又对她们说："我又不是外人，只是当年的'下江人'。你们还没有出世，我就常来这江边了。我在悦来场山上的中学读书，家就在上游五里的清溪口。每星期回家一定要经过这里，不但在河里洗过脚，有时还在沙滩上小便呢。"她们哈哈大笑，我又补一句："那时蹲在这里洗衣服的，大概是你们的祖母或者婆婆。"

终于大家让我独自面对江水，冥想过去悠悠的岁月。那时，我的父亲和母亲不但健在，甚至年轻。那时，我有许多小同学、小玩伴，食则同桌，睡则连床，上课时坐在同一条长板凳上，六十年后我还能说出十几个人的名字，甚至绰号。江水静静地流着，在我面前闪闪逝去的，是水光呢还是时光？对江的山色在眼前还是在梦里？水平线上是一排密实方正的巨岩，有三层楼高，更上面迤逦不断的是竹林连着竹林，翠影疏处掩映着灰瓦人家。河太阔了，听不出有无狗叫。一切浑茫的记忆，顿时对准了焦点。那时夜里，间歇的是犬吠，不断的是江声……忽然有人在坡顶叫喊，说我的同学们到了。

4

六十年不见的同学，也一直未曾通讯，应该是什么样子呢？当年也无非乡下的孩子，村童村姑而已，男孩子不是惨绿少年，女孩子也不是闺秀少女。就算是出自绅良人家，在当年的学风与战时的简朴之中，也不可能怎么矜持摆谱。温馨记忆里的小朋友，一回头，忽然都变了脸，改了相，成了名副其实的"老同学"，情何以堪。

说时迟，那时快，从镇口的牌坊下，四五十级的长板石阶斜斜垂落，放一道时光之梯下来，迎我上去。人群从牌坊下拥出，簇拥着八九个老人步下阶来，语笑喧阗，神情兴奋。明蓉立刻为我们介绍。老同学面面相觑，我的双手都来不及握。大家的表情，惊喜里有错愕，亲切中有陌生，忘我的天真之中又有些尴尬。岁月欺人，大家都老了，可堪一叹。不过都还健在，而且不怎么龙钟，也无须搀扶，又值得高兴。笑语稍稍退潮，我才大致分出一点头绪：女生来会的有四位，男生则有五位。不知怎的，她们似乎保养得好些，反应也较敏捷；他们就更显风霜，也许羞怯，也显得比较迟缓。

其中一位女生李义芳，远在丰都，本来不想长途坐车，幸好她孙女在课本上念过我的《乡愁》，不但鼓动祖母，而且一路陪同。另一位女生朱伯清，是我初中同班同学，更显得亲切，还说得出同班其他人的名字。除了笑时眯眼曳出鱼尾纹外，她脸上仍然白净无斑，可以想见当年的姣好。大家七嘴八舌，都忘情忆旧。返老还童，这一景跨世纪的重逢，引来满街的镇民围观，看时光的魔术如何变化。我拥着朱伯清的肩头，回头用川话向观众嚷道：

"你们晓不晓得，六十年前她们都是美女！"

大家一阵哄笑，又簇拥我们到一家茶馆里去坐定。十个初中同学，加起来近八百岁了，围住四方的木桌，用传统的盖碗冲浓郁的沱茶，气氛非常怀古。接着就上了一辆大车，开去上坡五里外的青中旧址。

说是旧址，因为当年从南京迁来的青年会中学早已撤走，后来校舍也拆了，不但人非，物也面目大变了。一行人踩着雨后泥湿的田埂，越过一丛又一丛竹林，来到旧址，面对着残留的一面山形粉刷高墙，在一个半废的院子停下。护墙木板纵横成方格，空洞的窗框里伸出些干包谷叶。我指着危墙说："那后面就是男生宿舍了。女生宿舍要讲究些，有典雅的月洞门可通，却是男生的禁区。"

"你还记得别的东西吗？"朱伯清说。

"那太多了，"我说，"教室、饭堂都不见了。"

"去教室的小路，"她说，"还通过橘树园。"

"对。橘树不高，可是绿油油的树荫，结了许多果子，"我说,"对了,那棵大白果呢?"

"早锯掉了。"萧利权说。

"太可惜了,"我叹息,"树老成精,它是校园里最老的生命,晴天的太阳总先照到树顶,风雨来时,丛叶沙沙总最先知道。"

"你的散文里曾经写过。"徐学说。

"是呀,"我说,"一下过雨,满树银杏就落了一地。我们捡起来,夜自修时在桐油灯上烤熟了,剥地一响,就香气扑鼻,令人吞口水。在海外,每次见到银杏树,就舌底生津,怀念四川。"

看见我存在一旁忙着照相,就叫她过来,对大家说:"这就是我的堂客。"

满院子的人都笑了,我转头对徐学说:"你们现在叫'爱人',四川话以前把妻子叫作'堂客'。"我又对大家说:"她小时候也在四川,住在乐山,天天看到大佛。我们当时没有见面,后来在南京一见面就讲四川话,夫妻之间只讲四川话,直到现在。"

这时乡人带了一老妪前来介绍,说她丈夫是以前的校工。我脱口便问她:"田海青还好吧?"她眼睛红红的,黯然低语:"早已过世了。"我说:"我记得田海青,他一出现,手里拿着铃,就是要下课了。他的下课铃最受欢迎了,尤其是空肚子等午饭的第四堂课。"

5

浸沉在久别乍聚的喜悦之中,往事一幕半景,交叠杂错,忽明忽灭,欲显又隐,匆促间岂能理清头绪?十个初中同学如果悠然久坐树下,对着茶香袅袅,水田汪汪,追述共同度过的少年,相信回溯时光之旅,定能深入上游,更加尽兴。但是村民围观,儿童嬉笑,加上数码相机眈眈又闪闪,兴奋而混乱的重逢,忽然又要分手了。尤其是远来的同学,还得赶回家去,于是就在当年共数朝夕的旧地,再度分手。此生再聚,就算蜀道不难,世道不乱,但高龄如此,海峡如彼,恐怕是渺乎其茫了吧?

余人陪我,与我存、徐学、明蓉,再度上车,去凭吊最后的一站,朱氏祠堂。

祠堂独据嘉陵江边一座小山丘顶,俯瞰一里外江水滔滔,从坡底的沙洲浩荡过境,气势雄豪。父亲在重庆上班,但机关疏散下乡,母亲就带我住在祠堂的最后一进。宽大的四合院子,两侧的厢房有二楼,就住了父亲好几家同事,鸡犬相闻,颇不寂寞。抗战的次年我们住进去,胜利的次年才下山回乡。那是我第一次,和一大群小朋友朝夕嬉戏在一座大杂院里,大门的木槛一尺高,跨进去时大家都还是小把戏,走时再跨出来,已经变成大孩子了。

从祠堂走路去寄宿的青年会中学,大约有十里路,大半是在爬坡。先是小径蟠蜿,一路下到江边。然后沿着平岸,逍遥踏沙而行。一时江声盈耳,波光迎目,天地间唯我一人与造化意接神通。悦来场远远在望,不久就俯临坡顶,于是拾级上阶,穿过牌坊,走出镇口,再爬五里坡道,就看见校前的水田了。

就这么,从十二到十八岁,一个江南的孩子在巴山蜀水里从容长大,吸巴山的地气,听蜀水的涛声,被大盆地的风云雨露所鼓舞、滋润。那七年中,我慢慢地成长,像一株橘树,与四季同其节奏,步履不出江北县的范围。四围山色围我在蕊心,一层又一层的青翠剥之不尽,但我并不觉得是被囚,因为嘉陵江日夜在过境,提醒我,上游的涓滴是秦山派来,下游的洪流要追汇长江,应召赴海。总有一天战争要结束,我也要乘此江水,顺流东下,甚至到海,甚至出洋。世界在外面,在下面等着你呢,嘉陵江说。

所以那几年我一点也不寂寞。嘉陵江永远在过境,却永远过不完。它什么也没说,可是我听到了许多。尤其到夜里,万籁齐寂,深沉的它的男低音,就从山下一直传到我耳畔,摇撼我敬畏的心神。它的喉音流入我血管,鼓动我诗的脉搏。

从前那少年在那山国的盆地,曾渴望有一天能走出来。但出川愈久,离川愈远,他要回川的思念就愈强。他要回来再看那沛然的江流,再听那无尽的江声,因为那江水可以见证,那是他和母亲最亲近的岁月。日后他写的《乡愁》一诗,"小时候 / 乡愁是一枚小小的邮票 / 我在这头 / 母亲在那头",正是当初他寄宿在学校,怀念母亲在朱氏祠堂的心情。

在一座村舍的前院,车停了下来,我们终于到了朱家祠堂的故址。四顾只见三五瓦屋,灰瓦层叠如浪,一直斜覆到屋檐上,悬着瓦当。一行行的瓦槽,低调的暗淡之中有怀古的温馨。粗糙的墙壁用杂石和红土砌成,梁木从屋内伸出,架着晾衣的竹竿。这是萧利权的住家,三代同堂。他把儿子和媳妇叫出来,和我们照相,小孙女则在一旁看热闹。我们坐在前院喝茶,摆起龙门阵来。

近邻闻风而至,都挤来我们面前欢迎远客,想从眼前这老头的身上,依稀揣摩出当年从下江来的那少年。听到我们夫妻流利的川语,数当年的琐细历历,村人更感亲切。我对大家嚷道:"我哪用你们欢迎呢,你们根本还没有出世,我早就来悦来场了。我欢迎你们还差不多!"

大家哄笑起来,更围得拢些。看得出,一张张笑得尽兴的面孔,对我道地的重庆话十分惊喜,对我感念四川不远千里来探望也很领情。看得出,他们的衣着都很整洁,甚至光鲜,也许是刻意盛装迎客,但是比起六十年前他们的祖辈来,却是体面多了，令我非常欣慰。那一场的盛情、真情，够我用几年几月，够解我六十年乡愁而有余。

徐学在旁一直顾而乐之，并频举相机。我对他大发议论，说什么今日回蜀之乐哪个作家享受得到，因为这需要两个条件：一是长寿而仍堪跋涉，二是时代要太平。

这时村民引一老叟来见，说他当年常来朱家祠堂，不但记得我，甚至还记得我的父亲。

"你的爸爸叫余超英。你妈妈人很好。"他的眼睛牵动着鱼尾皱纹，满含笑意，似乎在望着当年的我。我没有准备会有这么一句，惊讶加上感动，一时无从接嘴。他竟然说得出我父亲的名字，当然是真的了，就像一片落叶，飘飘忽忽，竟被树根接住。

"余先生也待我很好，"萧利权在一旁对我存说，"我是附近人家的小孩，常来祠堂张望。看见下江人的小孩玩在一起，家境比较好，文化水平比较高，非常羡慕。余先生那时是小孩头，领着大家一起耍，对我们并不见外，总是让我参加。"

"那时我们从下江来，你们还叫我们'脚底下的人'呢！"我存笑道，"都是小鬼头啦，一耍就熟了，谁还分什么下江、上江啊。你看余先生跟我，一直到现在，这么老了，夫妻之间还在讲四川话！"

十月下旬的半下午，雨虽已停，而秋阴漠漠，江声隐隐，向晚还颇有寒意。我存仰望灰沉沉的屋顶，直赞檐际云纹的瓦当古色斑斓，令人怀旧。村人便说这古董多得是，喜欢的话，不如带几块回去，留个纪念。又说屋上这些瓦片瓦当，正是拆祠堂时所遗留。于是七嘴八舌，竟就叫人取来梯子，要上屋去拿。我们直说不可，何况这东西棱角突兀，装箱不便，还是让它留在屋檐上，守住我的童年吧。村人哪里肯听，一定要拿下来。最后，认得我父亲的老叟说："就拿一块也好，代表我们大家的一点心意。这种东西一年比一年少，现在不留，将来哪里去找？有一天，只怕连瓦屋都不见了。"

顿时我流出泪来，便不再推让，要我存收了下来。幸好是收下来了，而且带过了海来，现在才能俯临在客厅的柜顶，苔霉隐隐，似乎还带着嘉陵江边的雨气。毕竟，逝去的童年依依，还留下美丽的物证。

临别四顾，找不到当年祠堂前浓荫蔽天的大黄葛树，向萧利权问起，他说早就锯掉了。迟来的讣闻仍令我黯然。这黄葛老树遮过我孩时大半个天空，春天毛毛虫落纷纷，夏天蝉噪得满山不宁，总是姑息我们这一群顽童在它的庇荫下嬉戏。祠堂前要是少了这顶天立地的巨灵，风景就顿失主角，鸟雀就无枝可依，四季也无戏可演了。是这棵老黄葛和校园里那棵巨银杏，使孩时的曦霞和星月有了童话的舞台，却竟然都不肯等到我回来。树犹如此，人何可依。

萧利权在山顶的路头停下，为我指点一径断续，下山没谷，然后盘盘出谷，绕过邻丘，没于坡后。更远处水光明媚，便是嘉陵江了。

这一景有如朝天门，胎记一般地不可磨灭。此刻我站的地方，正是六十多年前母亲常站的山头。星期天的下午，我拎起布包动身回校，母亲照例送我跨出祠堂的高槛，越过黄葛树荫的土坪，然后就站在这坡径的起头，望着我孤独的背影渐远渐低，随山转折，时隐时现，终于被远坡遮没。就在坡回路转之际，我总会回头仰望，只见母亲的身影孤立在山顶，衬着云天。我就依依向她挥手，她也立刻挥手回应。母子连心，这一刻永烙不灭。我转过身去赶路，背心还留着母爱眼神的余温。

"每次我回校，母亲总站在这里目送，"我转头告诉徐学，"我走到远处回头看她，独立天外，宛如一块'望子石'。最后我们离川，也是从这块石板下山去的。"

6

悦来场的重聚，有一位同班同学近在重庆，却未能赴会，那便是石大周。他曾担任当地的大报《重庆晚报》的总编辑，历时六年，贡献颇大，近年因病退休，在家调养。三年前，他得知我在台湾近况，乃写了《归来吧，诗人》一诗，托人带来台湾给我，并促我回重庆一游；后来更将此诗与我的回信一起刊登于《重庆晚报》，并将我们母校的悦来场旧址摄影多帧，随文刊出。于是我的乡心就更加波动了。

离开重庆那天的上午，明蓉带我们去看大周。他坐在客厅的长沙发上等我，两人"一见如故"。其实当然都老了，一时惊喜加惘然，半个多世纪不知从何说起。两人历数初中的种种往事，兴奋如回到孩时；他的家人在一旁听着，都觉得好笑。我们说到当年那银杏巨树，不觉都神往于灯上烤白果的香味。我告诉大周抗战时期学生常说的一则笑话，说当年八人同桌，晚饭打牙祭，争食之余，有同学见盘中还剩一块肉，便噗的一声吹熄了桐油灯，先下手为强——结果呢，他没有抓到肉，只抓到七只手。

大家哄堂一笑，明蓉提醒访客，时间到了，得赶去机场了。我起身向大周告别，已经握过了手，将要出门。忽然我感到不舍：就这么分手，心有不甘，难道，又要等六十年才再聚吗？

我回身走向沙发，半俯半跪，将大周紧紧抱住，像抱住抱不住的岁月，一秒，一秒，又一秒，直到两人都流下了泪来。

二〇〇六年五月

诗与哲学

最近接到你的来信,说你喜欢读诗,尤其是感性十足而又洋溢着抒情意味的作品,像诗中的绝句,词中的小令,西方浪漫派的诗和徐志摩的小品。但是,你说,你不喜欢诗人说理,包括所谓哲理诗。

我对你的选择,能够同情,却不赞许。我同情你,是因为你年轻,又初入诗国,认识尚浅;但是不赞许你,因为诗的天地广阔,有如人生,不但能表现感性,也能提供知性,不但可以抒情,也可以说理。

诗不是哲学,但可以含蓄哲理,在表现个人的情思之外,还可以探究普遍的道理。据我所知,有些哲学家不喜欢诗,当然,也有些诗人不喜欢哲学。不过我深信,毫无诗意的哲人未免失之枯燥与严峻,反之,耽于个人经验而不能提升为普遍真理的诗人,也恐怕难成大家。

不过诗情要通于哲理，不能直截了当地把感性的经验归纳成落于言诠的知性规则，只能用暗示与象征来诱导读者，使他因小见大，由变识常，举一反三，而自悟真理。哲学大师康德在《纯理性的批判》结尾中说："头上是灿烂的星空，胸中是道德的规律：此二者令我满心惊奇而敬畏，思之愈久，念之愈深，愈觉其然。"这句话兼具知性与感性，气象不凡，虽非纯诗，却有诗意。朱熹《观书有感》诗云：

> 昨夜江边春水生，
> 蒙冲巨舰一毛轻。
> 向来枉费推移力，
> 此日中流自在行。

表面上是说水涨船高，航行因而轻便，实际上却暗示读书或穷理，都要循序渐进，等到用力够深，思虑成熟，自会豁然贯通。一夜春雨，江水骤至，是影射久思之余的顿悟。蒙冲巨舰即大船，蒙冲即艨艟。二、三、四句暗示，重大的问题以前费力思考，难以解决，现在终于领悟，举重若轻，顺利分析而得到结论。

朱熹乃哲学家之善写诗者，抽象的事理在他诗中得以具体的形象生动表达，很有说服力。另一方面，诗人之中也有深谙哲理的，更善于借可见、易见之物来喻不见、难见之理，苏轼便是有名的例子。下面是他的名作《题西林壁》：

> 横看成岭侧成峰，
>
> 远近高低各不同。
>
> 不识庐山真面目，
>
> 只缘身在此山中。

表面上此诗是写庐山之景变化多端，难以详述，也难以综览。实际上庐山是表，世事是里；庐山只是借喻，世事才是本题。苏轼以小喻大，以特例来喻常理，生动而巧妙地说明了当局者迷、主观者偏的道理。我们离庐山太近了，甚至就在山中，反而只见细节，不见全貌，只见殊姿，不见共相。

现代诗中企图表现哲理的作品不少，但成功的不多。现年七十七岁的卞之琳先生是一位杰出的现代诗人，他早年的短诗《断章》，寥寥四句，是一首耐人寻味的哲理妙品：

> 你站在桥上看风景，
> 看风景人在楼上看你。
> 明月装饰了你的窗子，
> 你装饰了别人的梦。

表面上这首诗前二行在写景，后二行由实入虚，写景兼而抒情。就摆在这层次上来看，这首诗已经够妙、够美，不但简洁而生动地呈现出画面，更有一种匀称的感觉，如果我们在耽于美感的观照之余，能越过表相去探讨事物的本质与普遍的真理，就发现这首诗的妙处不限于写景与抒情。

原来世间的万事万物皆有关联，真所谓牵一发而动全身。你站在桥上看风景，另有一人却在高处观赏，连你也一起看了进去，成为风景的一部分，有如山水画中的一个小人。同样地，明月出现在你的窗口，你呢，却出现在别人的梦中。你的窗口因为有月而美，别人的梦呢，因为你出现才有意义。

这么看来，这首诗有一种交相反射、层层更进的情趣，令人想起"螳螂捕蝉，黄雀在后"的成语。波斯古谚"我埋怨自己没有鞋子，直到有一天看见别人没有脚"，也有这种层递发展。只是波斯古谚的发展是递减，而"螳螂捕蝉，黄雀在后"是递加。卞之琳的《断章》也是递加。

《断章》的妙处尚不止此，因为它更阐明了世间的关系有主有客，但主客之势变易不居，是相对而非绝对。你站在桥上看风景，你是主，风景是客。但别人在楼上看风景，连你也一并视为风景，于是轮到别人为主，你为客了。明月装饰了你的窗子，你是主，明月是客。但是你却装饰了别人的梦，于是主客易位，轮到你做客，别人做主。同样一个人，可以为主，也可以为客，于己为主，于人为客。正如同一个人，有时在台下看戏，有时却在台上演戏。

再想一下，又有问题。台下观众若是客，台上演员果真是主吗？你站在桥上看风景，果真风景是客，你是主吗？语云"物是人非"，也许风景不殊，你才是匆匆的过客吧？

《断章》的前两句另有一层曲折。你站在桥上看风景，其中的你，是背着楼呢，还是向着楼呢？若是背楼，则你看风景，别人看你，是递加之势。若是向楼，则你看风景，也看楼上人，楼上人看风景，也看桥上人（就是说：也看你）。这就不是同向递加，而是相向交射了，那就变成了对镜之局，正如辛弃疾所说的："我见青山多妩媚，料青山见我应如是。"

世事纷纭，有时是递加，有时是交射，有时却巧结连环。就像过节送礼，最后却回到自己手中。如果之琳先生不在意，我倒想借用他的道具来安排另一局世棋。诗名就叫《连环》如何？

/ 一眨眼,算不算少年 一辈子,算不算永远 /

你站在桥头看落日,

落日却回顾,

回顾着远楼,

有人在楼头正念你。

你站在桥头看明月,

明月却俯望,

俯望着远窗,

有人在窗口正梦你。

一九八七年十二月十一日

盖棺不定论

千秋万岁名，寂寞身后事。一位作家，生前蹭蹬潦倒，或遭人误解，或受人冷落，眼看曲士得意，竖子成名，往往只有寄望于历史的评价。丹麦思想家齐克果生前看尽世人的白眼，且以瘦胫的星象家与戴礼帽的公鸡之姿态，出现在哥本哈根报纸的漫画之中。死前不久，他说："我死后，人们将同声赞美我，而赞美的语气，将使青年误会我生前曾受人尊崇。这，也是真理在现实中蒙受的歪曲之一部分。以卑劣相向的时人，一旦我死了，将一反昨日的议论，而一切陷于混乱。"

一位作家的价值，很难获得定评，生前如此，身后亦然。生前，他容易招人曲解，致天下之恶皆归之；身后，他既已成为偶像，人们对他的溢美，也每每邻于迷信。相反地，也有生前享尽声誉，死后光芒毕敛或恶名横加的例子。而无论是低估（underestimate）或者过誉（overestimate），都不是一位作家应得的报酬，也会导致文学史的混乱。一般说来，人们对一位作家的恶评往往发自内心，但对于一位大师的称扬则往往出于附和，因为无论你如何诟骂莎士比亚，都不能稍减莎翁的权威，相对地，这样做，只能自绝于风雅。因此，在梁译《莎士比亚戏剧全集》的庆祝会上，社会名流，数以百计。其中究有几位能欣赏原文的佳妙，又有几位曾经认真读过中文译本？如果当场举行一次临时考试，恐怕将会证实，大半的来宾仅仅具有看银幕上的《王子复仇记》[①]的资格吧。王彦章所说"豹死留皮，人死留名"，是另有用意的。对于附庸风雅之辈而言，一位大作家死后，除了名字之外，还留下了什么呢？

盖棺而论不定，于莎士比亚为尤然。莎士比亚死后七年，琼森即写了一首长诗赞美他，称他为大师，并说他"不属于一代，属于千秋"。又七年之后，年轻的弥尔顿[②]写了一首短诗献给他，说他的盛名何需金字塔的见证。但三十多年后，进入复辟时期，在法国文学批评，尤其是布瓦洛的影响下，一些平庸的作家，对于不屑遵守古典戏剧格律的莎士比亚表示不满，甚至视为"野蛮"。日记家佩皮斯（Samuel Pepys）对莎翁戏剧的反应，可以代表十七世纪后期的一般态度。他在日记里这样记

[①] 《王子复仇记》：即《哈姆雷特》。
[②] 弥尔顿：英国诗人、政论家、民主斗士。代表作品有长诗《失乐园》《复乐园》。

载:"今日同去看了《仲夏夜之梦》,生平看过的戏里,没有比这更乏味更可笑的了,我决不要看第二遍。"十八世纪的英国文坛,对于莎士比亚不能说不够重视,但是一个弥漫着理性主义的时代,是无法了解浪漫的莎士比亚的。当时的诗坛泰斗蒲柏[①],曾不自量力,编了一套《莎士比亚全集》,结果是谬误百出,为专家萧博德所笑。对莎士比亚的崇拜,始于十九世纪初的浪漫主义;在柯尔律治[②]、兰姆[③]、哈兹里特[④]、德昆西[⑤]的批评之中,崇莎热(Shakespeare idolatry)臻于高峰,迄二十世纪而不衰。可是在外国,莎士比亚的股票亦时涨时跌。法国浪漫派的大师们,如雨果[⑥]、缪塞[⑦]、德拉克洛瓦[⑧]和柏辽兹[⑨],固然将莎士比亚奉为神明,但是在十八世纪,伏尔泰[⑩]曾经对莎翁大肆攻击。伏尔泰曾经留英三年,回国后屡在作品中介绍莎翁,但等

[①] 蒲柏:18世纪英国最伟大的诗人,古典主义诗人。
[②] 柯尔律治:英国浪漫主义诗人、文艺批评家,湖畔派代表。
[③] 兰姆:指查尔斯·兰姆,英国散文家。
[④] 哈兹里特:英国散文家、评论家、画家。
[⑤] 德昆西:指托马斯·德·昆西,英国散文家、文学批评家。
[⑥] 雨果:法国19世纪前期积极浪漫主义文学的代表作家,人道主义的代表人物,法国文学史上卓越的资产阶级民主作家,被人们称为"法兰西的莎士比亚"。
[⑦] 缪塞:法国浪漫主义诗人、小说家、剧作家。
[⑧] 德拉克洛瓦:法国著名画家,浪漫主义画派的典型代表。
[⑨] 柏辽兹:法国作曲家,法国浪漫乐派的主要代表人物。
[⑩] 伏尔泰:18世纪法国启蒙思想家、文学家、哲学家。

到法国的文艺界显示崇莎的倾向且将莎士比亚与法国悲剧大家高乃依相提并论的时候，伏尔泰竟因妒生嗔，讥莎翁粗鄙不文，说"莎士比亚是一个野人，只有几星天才的火花，在可怖的夜里闪现而已"。

"左"倾的文学批评，常从阶级的角度攻击莎士比亚。十九年前，我念厦门大学外文系二年级的时候，有一位患"左"倾幼稚病的同学，在报上发表了一篇这样的文章，指控莎士比亚为贵族阶级的御用文人，戏院的股东，女皇的佞伶。愤怒的我，立刻和他展开论战，为莎翁洗刷莫须有的罪名，事实上，当时我对于莎剧的种种，并无深切了解。

在"左"倾的浪潮中，我国的古典大师往往成为罪人，被拖出来鞭尸。中年以后的闻一多，生活困苦，情绪紧张，在同情郊寒岛瘦之余，竟然诬苏轼作帮闲文人，充倜傥才子。陶潜的命运，似乎也飘摇不定。我国诗人邮票四种，有白居易而无陶潜，拥陶派情何以堪？以陶潜在中国文学史上的崇高地位而言，在诗宗词曹之中，难道连四名以内都考不上？白居易固然成就可观，但他那种忧时爱国的写实风格，标出杜甫一人已可概括其余，何必于此风格亮瑜并列，而于高士襟怀则独付阙如？白居易在《与元九书》中曾自谦说："古人云'名者公器，不可多取。'仆是何者，窃时之名已多。既窃时名，又欲窃时之富贵，使己为造物者，肯兼与之乎？"白居易可以说是诗人之中最为幸运的一位，不但及身而享盛名，眼见自己的大作，题于"乡校佛寺，逆旅行舟之中"，咏于"士庶僧徒孀妇处女之口"，即在千载之后，无论海内海外，亦皆香火不绝。在岛内，他已经上了最高额的三元邮票。在国外，经亚瑟·韦利等人的再三译介，Po Chu-i①的大名，久已凌驾杜甫，媲美李白。

古人棺木已朽，议论尚犹未定。今人坟土未干，评价自然更难一致。胡适去世已经六年，倒胡的遗老宿儒迄今仍喋喋不休，咬定白话文断送了中国的固有文化，而西化思想是中国一切乱源。拥胡人士则趋向另一极端，犹津津乐道他牙牙学语的白话诗和已经落伍的美学思想。在动荡的现代中国，大多数的名作家，恐怕都要暂时悬在棺已盖而论未定的虚空中，等待尘土落定，历史来为他们从容画像。例如周氏兄弟②，今日棺已皆盖，而时论纷纷，就是现代文学史典型的问题人物。

现已八旬有三的美国诗人庞德，也是这样的一个问题人物。但有时，那"问题"不是政治的或道德的，而是美学的。从文学史的观点看来，后者毋宁是更为严重。例如五四人物中，徐志摩的诗和朱自清的散文，素为新文学的读者所称道，迄今仍有不少人，言新诗必举《再别康桥》，言散文则必推《背影》，

---

① Po Chu-i：即白居易。
② 周氏兄弟：指周树人（鲁迅）和周作人。

/ 一眨眼，算不算少年 一辈子，算不算永远 /

好像自二十年代迄今的四十年中，我国的新文学贫乏得只留下这么两篇小品。事实上，从现代文学的标准看来，徐志摩只能算是一个次要诗人（minor poet）。以浪漫诗人为喻，他的地位大约相当于汤默斯·穆尔（Thomas Moore）或者拉尼尔（Sidney Lanier）。拿徐志摩来比拟拜伦或雪莱，是外行人语，因为他既无《唐璜》那样丰富的巨著，也没有《西风颂》《致云雀》《云》那样精纯的力作。至于朱自清的散文，清畅平易而已；这种只求无过不望有功的文体，比起前贤的前后《赤壁赋》一类作品，直如淡茗之于醇醪。

文学批评，常有影响力（influence）一说。传统的观念，以为所谓影响，只是前人施之后人，呈单行（one way）状态。事实上，后人对前人，今人对古人，也是有影响力的。文学史的透视，往往因为加入了新的因素，而呈现新的全景。某一时期的文学，谁是主角，谁是配角，原来秩序井然，尊卑有别，成为一个所谓 hieraechy[①]；可是到了下一个时期，由于美学思想变了，或者发现了新的史料，前一时期的文学原有的秩序，便必须加以修正了。例如唐人的文学批评，并尊李杜，到了宋人笔下，便尊杜而抑李；更有以老杜、山谷、后山，简斋为一祖三宗之说。又例如在十九世纪后期，丁尼生几有独步诗坛之概，

---

① hieraechy：指等级制度、层次体系。

到了二十世纪，反浪漫运动既兴，便有人将布朗宁置于丁尼生之上，等到霍普金斯的诗集出版，丁尼生在维多利亚时期的压倒性优势，更是摇摇欲坠了。

因此盖棺不定论，可作三解。第一，伟大并无绝对可靠的标准。文学风气多变，批严思想日新，今日的巨人可能变成明日的侏儒，因为明日的尺寸将异于今日，或因一位新巨人之发现而使旧巨人"矮了半截"。一位名作家，常以另一名作家为"假想敌"，念兹在兹，以为身后与争千秋之名者，当为斯人无疑。结果可能两人都假想错了：从一个不知名的角落里，忽然闪出一个无名的角色，把桂冠摘去。拜伦一生妒忌湖畔诗人，尝谓诗坛非一家禁地，班主宝座，当有司各特、罗杰斯、坎贝尔、穆尔、克拉布相与竞逐，不料上述五人皆属配角，而真正的主角却是他所忽略的雪莱和济慈。第二，同行相妒，文人相轻。一位作家常会幻想，百年后，历史当是我所是，而非我所非。事实上历史的演变常由相对甚或相反的力量所促成；在某一时期之内，基督固然取代了恺撒，但从整个历史着眼，则恺撒仍是恺撒，不容抹煞。当时曾是敌人的作家们，在文学史上鉴往是香火共享，秋色平分的。冤家果然路窄。"愧在卢前，耻居王后"，结果仍是王杨卢骆，挤在一间小庙里。革命党的弥尔顿和保皇党的骑士诗人们，不但是文敌，甚至是政敌，而事过境迁，同登十七世纪诗史。伏尔泰和卢梭，一个是古典大师，

/ 一眨眼，算不算少年 一辈子，算不算永远 /

一个是浪漫鼻祖，生前是死敌，殁后同葬伟人祠中，成为近邻。第三，大众习于权威，安于攀附。除了少数例外，一位大作家、一个新天才的出现，通常皆有赖一小撮先知式的读者，所谓 elite① 者的发掘与拥护，这种情形，不独在作家的生前如此，即在身后也往往会持续一段时期。甚至于，在那位作家的伟大性已获公认之后，真正能欣赏他的，恐怕还只是那一小撮知音。唐朝的李贺、李商隐，宋朝的陈师道、陈与义，英国诗人中的多恩、布朗宁、霍普金斯等等，都是这种例子。在所谓"大众传播"日趋发达的今天，电视、电影、广播、报纸、流行的杂志等等几乎垄断了国民的美感生活，成为文艺鉴赏的掮客② 集团。"报上说那本小说已经在拍电影了！"便是小市民最现成最有力的引证。把一个民族的精神价值，交给这些文艺买卖的掮客去决定，是一件非常危险的事情。现代作家的孤绝感，一部分因此形成。不过，盖棺虽难定论，得失存乎寸心，文运不绝如缕，一半有赖作家的自知与自信，另一半则有赖那些先知先觉的读者。至于那些掮客，无论喊的是古董或是时装，呼声再响，历史的耳朵是听不进去的。

一九六八年二月十九日

---

① elite：指社会精英。
② 掮客：指替人介绍买卖，从中赚取佣金的人。也常喻指投机者。

论朱自清的散文

一九四八年，五十一岁的朱自清以犹盛的中年病逝于北平大医院，火葬于广济寺。当时正值大变局的前夕，朱氏挚友俞平伯日后遭遇的种种，朱氏幸而得免。他遗下的诗、散文、论评，共为二十六册，约一百九十万字。朱自清是五四以来重要的学者兼作家，他的批评兼论古典文学和新文学，他的诗并传新旧两体，但家喻户晓，享誉始终不衰的，却是他的散文。三十年来，《背影》《荷塘月色》一类的散文，已经成为中学国文课本的必选之作，"朱自清"三个字，已经成为白话散文的代名词了。近在今年五月号的"幼狮文艺"上，王灏先生发表《风格之诞生与生命的承诺》一文，更述称朱自清的散文为"清灵澹远"。朱自清真是新文学的散文大师吗？

朱自清最有名的几篇散文，该是《背影》《荷塘月色》《匆匆》《春》《温州的踪迹》《桨声灯影里的秦淮河》。我们不妨就

/ 一眨眼，算不算少年　一辈子，算不算永远 /

这几篇代表作，来探讨朱文的得失。

杨振声在《朱自清先生与现代散文》一文里，曾有这样的评语："他文如其人，风华从朴素出来，幽默从忠厚出来，腴厚从平淡出来。"郁达夫在《新文学大系·现代散文导论》中说："朱自清虽则是一个诗人，可是他的散文仍能够贮满着那一种诗意，文学研究会的散文作家中，除冰心外，文章之美，要算他了。"

朴素、忠厚、平淡，可以说是朱自清散文的本色，但是风华、幽默、腴厚的一面似乎并不平衡。朱文的风格，论腴厚也许有七八分，论风华不见得怎么突出，至于幽默，则更非他的特色。我认为朱文的心境温厚，节奏舒缓，文字清淡，绝少瑰丽、炽热、悲壮、奇拔的境界，所以咀嚼之余，总有一点中年人的味道。至于郁达夫的评语，尤其是前面的半句，恐怕还是加在徐志摩的身上比较恰当。早在二十年代初期，朱自清虽也发表过不少新诗，一九二三年发表的长诗《毁灭》虽也引起文坛的注意，可是长诗也好，小诗也好，半世纪后看来，没有一首称得上佳作。像下面的这首小诗《细雨》：

　　东风里
　　掠过我脸边，
　　星呀星的细雨，

是春天的绒毛呢。

已经算是较佳的作品了。至于像《别后》的前五行：

我和你分手以后，
的确有了长进了！
大杯的喝酒，
整匣的抽烟，
这都是从前没有的。

不但太散文化，即以散文视之，也是平庸乏味的。相对而言，朱自清的散文里，倒有某些段落，比他的诗更富有诗意。也许我们应该倒过来，说朱自清本质上是散文家，他的诗是出于散文之笔。这情形，和徐志摩正好相反。

我说朱自清本质上是散文家，也就是说，在诗和散文之间，朱的性格与风格近于散文。一般说来，诗主感性，散文主知性；诗重顿悟，散文重理解；诗用暗示与象征，散文用直陈与明说；诗多比兴，散文多赋体；诗往往因小见大，以简驭繁，故浓缩，散文往往有头有尾，一五一十，因果关系交代得明明白白，故庞杂。

> 东风不与周郎便
> 铜雀春深锁二乔

这当然是诗句。里面尽管也有因果,但因字面并无明显交代,而知性的理路又已化成了感性的形象,所以仍然是诗。如果把因果交代清楚:

> 假使东风不与周郎方便
> 铜雀春深就要锁二乔了

句法上已经像散文,但意境仍然像诗。如果更进一步,把形象也还原为理念:

> 假使当年周瑜兵败于赤壁
> 东吴既亡,大乔小乔
> 就要被掳去铜雀台了

那就纯然沦为散文了。我说朱自清本质上是散文家,当然不是说朱自清没有诗的一面,只是说他的文笔理路清晰,因果关系往往交代得过分明白,略欠诗的含蓄与余韵。且以《温州的踪迹》第三篇《白水漈》为例:

> 几个朋友伴我游白水漈。
>
> 这也是个瀑布；但是太薄了，又太细了。有时闪着些许的白光；等你定睛看去，却又没有——只剩一片飞烟而已。从前有所谓"雾縠"，大概就是这样了。所以如此，全由于岩石中间突然空了一段；水到那里，无可凭依，凌虚飞下，便扯得又薄又细了。当那空处，最是奇迹。白光嬗为飞烟，已是影子；有时却连影子也不见。有时微风过来，用纤手挽着那影子，它便袅袅地成了一个软弧；但她的手才松，它又像橡皮带儿似的，立刻伏伏贴贴地缩回来了。我所以猜疑，或者另有双不可知的巧手，要将这些影子织成一个幻网——微风想夺了她的，她怎么肯呢？
>
> 幻网里也许织着诱惑，我的依恋便是个老大的证据。

这是朱自清有名的《白水漈》。这一段拟人格的写景文字，该是朱自清最好的美文，至少比那篇浪得盛名的《荷塘月色》高出许多。仅以文字而言，可谓圆熟流利，句法自然，节奏爽口，虚字也都用得妥贴得体，并无朱文常有的那种"南人北腔"的生硬之感。瑕疵仍然不免。"瀑布"而以"个"为单位，未免太抽象太随便。"扯得又薄又细"一句，"扯"字用得太粗太重，和上下文的典雅不相称。"橡皮带儿"的明喻也嫌俗气。这些都是小疵,但更大的,甚至是致命的毛病,却在交代过分清楚,太认真了,破坏了直觉的美感。最后的一句"幻网里也许织着诱惑,我的依恋便是个老大的证据",画蛇添足,是一大败笔。写景的美文,而要求证因果关系,已经有点"实心眼儿",何况还是个"老大的证据",就太煞风景了。不过这句话还有一层毛病:如果说在求证的过程中,"诱惑"是因,"依恋"是果,何以"也许"之因竟产生"老大的证据"之果呢?照后半句的肯定语气看来,前半句应该是"幻网里定是织着诱惑"才对。

交代太清楚,分析太切实,在论文里是美德,在美文、小品文、抒情散文里,却是有碍想象分散感性经验的坏习惯。试看《荷塘月色》的第三段:

> 路上只我一个人,背着手踱着。这一片天地好像是我的;我也像超出了平常的自己,到了另一世界里。我爱热闹,也爱冷静;爱群居,也爱独处。像今晚上,一个人在这苍茫的月下,什么都可以想,什么都可以不想,便觉是个自由的人。白天里一定要做的事,一定要说的话,现在都可不理。这是独处的妙处;我且受用这无边的荷香月色好了。

这一段无论在文字上或思想上，都平庸无趣。里面的道理，一般中学生都说得出来，而排比的句法，刻板的节奏，更显得交代太明，转折太露，一无可取。删去这一段，于《荷塘月色》并无损失。朱自清忠厚而拘谨的个性，在为人和教学方面固然是一个优点，但在抒情散文里，过分落实，却有碍想象之飞跃，情感之激昂，"放不开"。朱文的譬喻虽多，却未见如何出色。且以溢美过甚的《荷塘月色》为例，看看朱文如何用喻：

（一）叶子出水很高，像亭亭的舞女的裙。

（二）层层的叶子中间，零星地点缀着些白花……正如一粒粒的明珠，又如碧空里的星星，又如刚出浴的美人。

（三）微风过处，送来缕缕清香，仿佛远处高楼上渺茫的歌声似的。

（四）这时候叶子与花也有一丝的颤动，像闪电般，霎时传过荷塘的那边去了。

（五）叶子本是肩并肩密密地挨着，这便宛然有了一道凝碧的波痕。

（六）月光如流水一般，静静地泻在这一片叶子和花上。

（七）叶子和花仿佛在牛乳中洗过一样；又像笼

着轻纱的梦。

（八）丛生的灌木，落下参差的斑驳的黑影，峭楞楞如鬼一般。

（九）光与影有着和谐的旋律，如梵婀玲上奏着的名曲。

（十）树色一例是阴阴的，乍看像一团烟雾。

（十一）树缝里也漏着一两点灯光，没精打采的，是渴睡人的眼。

十一句中一共用了十四个譬喻，对一篇千把字的小品文说来，用喻不可谓之不密。细读之余，当可发现这些譬喻大半浮泛、轻易、阴柔，在想象上都不出色。也许第三句的譬喻较有韵味，第八句的能够寓美于丑，算是小小的例外吧。第九句用小提琴所奏的西洋名曲来喻极富中国韵味的荷塘月色，很不恰当。十四个譬喻之中，竟有十三个是明喻，要用"像""如""仿佛""宛然"之类的字眼来点明"喻体"和"喻依"的关系。在想象文学之中，明喻不一定不如隐喻，可是隐喻的手法毕竟要曲折、含蓄一些。朱文之浅白，这也是一个原因。唯一的例外是以睡眼状灯光的隐喻，但是并不精警，不美。

朱自清散文里的意象，除了好用明喻而趋于浅显外，还有一个特点，便是好用女性意象。前引《荷塘月色》的一二两句里，便有两个这样的例子。这样的女性意象实在不高明，往往还有反作用，会引起庸俗的联想。"舞女的裙"一类的意象对今日读者的想象，恐怕只有负效果了吧。"美人出浴"的意象尤其糟，简直令人联想到月份牌、广告画之类的俗艳场面；至于说白莲又像明珠，又像星，又像出浴的美人，则不但一物三喻，形象太杂，焦点不准，而且三种形象都太俗滥，是来似太轻易。用喻草率，又不能发挥主题的含意，这样的譬喻只是一种装饰而已。朱氏另一篇小品《春》的末段有这么一句："春天像小姑娘，花枝招展的，笑着，走着。"这句话的文字不但肤浅、浮泛，里面的明喻也不贴切。一般说来，小姑娘是朴素天真的，不宜状为"花枝招展"。《温州的踪迹》第二篇《绿》里，有更多的女性意象。像《荷塘月色》一样，这篇小品美文也用了许多譬喻，十四个明喻里，至少有下面这些女性意象：

> 她松松地皱缬着，像少妇拖着的裙幅；她轻轻地摆弄着，像跳动的初恋的处女的心；她滑滑地明亮着，像涂了"明油"一般，有鸡蛋清那样软，那样嫩，令人想着所曾触过的最嫩的皮肤……那醉人的绿呀！我若能裁你以为带，我将赠给那轻盈的舞女；她必能临风飘举了。我若能挹你以为眼，我将赠给那善歌的盲妹；她必明眸善睐了。我舍不得你；我怎舍得

你呢？我用手拍着你，抚摩着你，如同一个十二三岁的小姑娘。我又掬你入口，便是吻着她了。

类似的譬喻在《桨声灯影里的秦淮河》中也有不少：

那晚月儿已瘦削了两三分。她晚妆才罢，盈盈地上了柳梢头……岸上原有三株两株的垂杨树，那柔细的枝条浴着月光，就像一支支美人的臂膊，交互地缠着，挽着；又像是月儿披着的发。而月儿也偶然从它们的交叉处偷偷窥看我们，大有小姑娘怕羞的样子……电灯的光射到水上，蜿蜒曲折，闪闪不息，正如跳舞着的仙女的臂膊。

小姑娘、处女、舞女、歌妹、少妇、美人、仙女……朱自清一写到风景，这些浅俗轻率的女性形象必然出现笔底，来装饰他的想象世界；而这些"意恋"（我不好意思说"意淫"，朱氏也没有那么大胆）的对象，不是出浴，便是起舞，总是那几个公式化的动作，令人厌倦。朱氏的田园意象大半是女性的、软性的，他的譬喻大半是明喻，一五一十，明来明去，交代得过分负责："甲如此，乙如彼，丙仿佛什么什么似的，而丁呢，又好像这般这般一样。"这种程度的技巧，节奏能慢不能快，描写则静态多于动态。朱自清的写景文，常是一幅工笔画。

这种肤浅而天真的"女性拟人格"笔法，在二十年代中国作家之间曾经流行一时，甚至到七十年代的台湾和香港，也还有一些后知后觉的作者在效颦。这一类作者幻想这就是抒情写景的美文，其实只成了半生不熟的童话。那时的散文如此，诗也不免：冰心、刘大白、俞平伯、康白情、汪静之等步泰戈尔后尘的诗文，都有这种"装小"的味道。早期新文学有异于五十年代以来的现代文学，这也是一大原因。前者爱装小，作品近于做作的童话童诗，后者的心念近于成人，不再那么满足于"卡通文艺"了。在意象上，也可以说是视觉经验上，早期的新文学是软性的，爱用女性的拟人格来形容田园景色；现代文学最忌讳的正是这种软性、女性的田园风格，纯情路线。七十年代的台湾和香港，工业化已经颇为普遍，一位真正的现代作家，在视觉经验上，不该只见杨柳而不见起重机。到了七十年代，一位读者如果仍然沉迷于冰心与朱自清的世界，就意味着他的心态仍停留在农业时代，以为只有田园经验才是美的，那他就始终不能接受工业时代。这种读者的"美感胃纳"，只能吸收软的和甜的东西，但现代文学的口味却是兼容酸甜咸辣的，现代诗人郑愁予，在一般读者的心目中似乎是"纯情"的，其实他的诗颇具知性、繁复性和工业意象。《夜歌》的首段：

/ 一眨眼，算不算少年 一辈子，算不算永远 /

　　这时，我们的港是静了
　　高架起重机的长鼻指着天
　　恰似匹匹采食的巨象
　　而满天欲坠的星斗如果实

便以一个工业意象为中心。读者也许要说："这一段的两个譬喻不也是明喻吗？何以就比朱自清高明呢？"不错，郑愁予用的也只是明喻，但是那两个明喻却是从第二行的隐喻引申而来的，同时两个明喻既非拟人，更非女性，不但新鲜生动，而且富于亚热带勃发的生机，很能就地（港为基隆）取材。

　　朱自清的散文，有一个矛盾而有趣的现象：一方面好用女性的意象，另一方面又摆不脱自己拘谨而清苦的身份。每一位作家在自己的作品里都扮演一个角色，或演志士，或演浪子，或演隐者，或演情人，所谓风格，其实也就是"艺术人格"，而"艺术人格"愈饱满，对读者的吸引力也愈大。一般认为风格即人格，我不尽信此说。我认为作家在作品中表现的风格（亦即我所谓的"艺术人格"），往往是他真正人格的夸大、修饰、升华，甚至是补偿。无论如何，"艺术人格"应是实际人格的理想化：琐碎的变成完整，不足的变成充分，隐晦的变成鲜明。读者最向往的"艺术人格"，应是饱满而充足的；作家充满自信，读者才会相信。且以《赤壁赋》为例。在前赋之中，苏轼与客纵论人生，以水月为喻，诠释生命的变即是常，说服了他的朋友。在后赋之中，苏轼能够"摄衣而上，履巉岩，披蒙茸，踞虎豹，登虬龙，攀栖鹘之危巢，俯冯夷之幽宫。盖二客不能从焉"。两赋之中，苏轼不是扮演智者，便是扮演勇者，豪放而倜傥的个性摄住了读者的心神，使读者无可抗拒地跟着他走。假如在前赋里，是客说服了苏轼，而后赋里是二客一路攀危登高，而苏轼"不能从焉"，也就是说，假使作者扮演的角色由智勇变成疑怯，"艺术人格"一变，读者仰慕追随的心情也必定荡然无存。

朱自清在散文里自塑的形象，是一位平凡的丈夫和拘谨的教师。这种风格在现实生活里也许很好，但出现在"艺术人格"里却不见得动人。《荷塘月色》的第一段，作者把自己的身份和赏月的场合交待得一清二楚；最后的一句半是："妻在屋里拍着闰儿，迷迷糊糊地哼着眠歌。我悄悄地披了大衫，带上门出去。"全文的最后一句则是："这样想着，猛一抬头，不觉已是自己的门前；轻轻地推门进去，什么声息也没有，妻已睡熟好久了。"这一起一结，给读者的鲜明印象是：作者是一个丈夫、父亲。这位丈夫赏月不带太太，提到太太的时候也不称她名字，只用一个家常便饭的"妻"字。这样的开场和结尾，既无破空而来之喜，又乏好处收笔之姿，未免太"柴米油盐"了一点。此外，本文的末段，从"采莲是江南的旧俗，似乎很早就有，而六朝时为盛"到"于是又记起西洲曲里的句子：采莲南塘秋，莲花过人头；低头弄莲子，莲子清如水"为止，约占全文五分之一的篇幅，都是引经据典，仍然不脱国文教员五步一注十步一解的趣味。这种趣味宜于治学，但在一篇小品美文中并不适宜。

《桨声灯影里的秦淮河》一文的后半段，描写作者在河上遇到游唱的歌妓，向他和俞平伯兜揽生意，一时窘得两位老夫子"踧踖不安"，欲就还推，终于还是调头摇手拒绝了人家。当时的情形一定很尴尬。其实古典文人面对此情此景当可从容应付，不学李白"载妓随波任去留"，也可效白居易之既赏琵琶，复哀旧妓，既反映社会，复感叹人生。若是新派作家，就更放得下了，要么就坦然点唱，要么就一笑而去，也何至手足无措，进退失据？但在"桨"文里，歌妓的七板子去后，朱自清就和俞平伯正正经经讨论起自己错综复杂的矛盾心理来了。一讨论就是一千字：一面觉得狎妓不道德，一面又觉得不听歌不甘心，最后又觉得即使停船听歌，也不能算是狎妓，而拒绝了这些歌妓，又怕"使她们的希望受了伤"。朱自清说：

> 一个平常的人像我的，谁愿凭了理性之力去丑化未来呢？我宁愿自己骗着了。不过我的社会感性是很敏锐的；我的思力能拆穿道德律的西洋镜，而我的感

情却终于被它压服着。我于是有所顾忌了，尤其是在众目昭彰的时候。道德律的力，本来是民众赋予的；在民众的面前，自然更显出它的威严了。

这种冗长而烦琐的分析，说理枯燥，文字累赘，插在写景抒情的美文里，总觉得理胜于情，颇为生硬。《前赤壁赋》虽也在游河的写景美文里纵谈哲理，却出于生动而现成的譬喻；逝水圆月，正是眼前情景，信手拈来，何等自然，而文字之美，音调之妙，说理之圆融轻盈，更是今人所难企及。浦江清在《朱自清先生传略》中盛誉"桨"文为"白话美术文的模范"。王瑶在《朱自清先生的诗和散文》中说此文"正是像鲁迅先生说的漂亮缜密的写法，尽了对旧文学示威的任务的"。两说都不免失之夸张。就凭《桨声灯影里的秦淮河》与《荷塘月色》一类的散文，能向《赤壁赋》《醉翁亭记》《归去来分辞》等古文杰作"示威"吗？

前面戏称朱、俞二位做"老夫子"，其实是不对的。"桨"文发表时，朱自清不过二十六岁；"荷"文发表时，也只得三十岁。由于作者自塑的家长加师长的形象，这些散文给人的印象，却似乎出于中年人的笔下。然而一路读下去，"少年老成"或"中年沉潜"的调子却又不能贯彻始终。例如在"桨"文里，作者刚谢绝了歌舫，论完了道德，在归航途中，不知不觉又陷入了女性意象里去了:"右岸的河房里,都大开了窗户,里面亮着晃晃的电灯,电灯的光射到水上,蜿蜒曲折,闪闪不息,正如跳舞着的仙女的臂膀。我们的船已在她的臂膊里了。"在"荷"文里,作者把妻留在家里,一人出户赏月,但心中浮现的形象却尽是亭亭的舞女,出浴的美人。在"绿"文里,作者面对瀑布,也满心是少妇和处女的影子,而最露骨的表现是"我用手拍着你,抚摩着你,如同一个十二三岁的小姑娘。我又掬你入口,便是吻着她了。我送你一个名字,我从此叫你'女儿绿',好么?"用异性的联想来影射风景,有时失却控制,甚至流于"意淫",但在二十年代的新文学里,似乎是颇为时髦的笔法。这种笔法,在中国古典和西方文学里是罕见的。也许在朱自清当时算是一大"解放",一小"突破",今日读来,却嫌它庸俗而肤浅,令人有点难为情。朱自清散文的滑稽与矛盾就在这里:满纸取喻不是舞女便是歌姝,一旦面临实际的歌妓却又手足无措;足见众多女性的意象,不是机械化的美感反应,便是压抑了的欲望之浮现。

　　朱文的另一瑕疵便是伤感滥情(sentimentalism),这当然也只是早期新文学病态之一例。当时的诗文常爱滥发感叹,《绿》里就有这样的句子:"那醉人的绿呀!仿佛一张极大极大的荷叶铺着,满是奇异的绿呀。我想张开两臂抱住她;但这是怎样一个妄想呀。"其后尚有许多呢呢呀呀的句子,恕我不能全录。

《背影》一文久有散文传作之誉，其实不无瑕疵，其一便是失之伤感。短短千把字的小品里，作者便流了四次眼泪，也未免太多了一点。时至今日，一个二十岁的大男孩是不是还要父亲这么照顾，而面临离别，是不是这么容易流泪，我很怀疑。我认为，今日的少年应该多读一点坚毅豪壮的作品，不必再三诵读这么哀伤的文章。

最后我想谈谈朱自清的文字。大致说来，他的文字朴实清畅，不尚矜持，誉者已多，无须赘述，但是缺点亦复不少，败笔在所难免。朱自清在白话文的创作上是一位纯粹论者，他主张"在写白话文的时候，对于说话，不得不作一番洗练工夫……渣滓洗去了，练得比平常说话精粹了，然而还是说话（这就是说，一些字眼还是口头的字眼，一些语调还是口头的语调，不然，写下来就不成其为白话文了）；依据这种说话写下来的，才是理想的白话文。"这是朱氏在《精读指导举隅》一书中评论《我所知道的康桥》时所发的一番议论[1]。接下去朱氏又说："如果白话文里有了非白话的（就是口头没有这样说法的）成分，这就体例说是不纯粹，就效果说，将引起读者念与听的时

---

[1] 一番议论：一说为叶绍钧之论，唯香港中学之中国文学课本置于朱自清名下。《精读指导举隅》与《略读指导举隅》等书，是朱、叶合著，故难分彼此。不过两人在白话文的纯粹观上，大体是一致的，评叶即所以评朱。

候的不快之感……白话文里用入文言的字眼,实在是不很适当的足以减少效果的办法……在初期的白话文差不多都有;因为一般作者文言的教养素深,而又没有要写纯粹的白话文的自觉。但是,理想的白话文是纯粹的,现在与将来的白话文的写作是要把写得纯粹作目标的。"最后,朱氏稍稍让步,说文言要入白话文,须以"引用原文"为条件;例如在"从前董仲舒有句话说道:'正其义不谋其利,明其道不计其功'"一句之中,董仲舒的原文是引用,所以是"合法"的。

这种白话文的纯粹观,直到今日,仍为不少散文作家所崇奉,可是我要指出,这种纯粹观以笔就口,口所不出,笔亦不容,实在是画地为牢,大大削弱了新散文的力量。文言的优点,例如对仗的匀称、平仄的和谐、词藻的丰美、句法的精练,都被放逐在白话文外,也就难怪某些"纯粹白话"的作品,句法有多累赘,词藻有多寒伧,节奏有多单调乏味了。十四年前,在《凤·鸦·鹑》一文里,我就说过,如果认定文言已死,白话万能,则"啭""吠""唳""呦""嘶"等字眼一概放逐,只能说"鸟叫""狗叫""鹤叫""鹿叫""马叫"岂不单调死人?

早期新文学的幼稚肤浅,有一部分是来自语言,来自张口见喉虚字连篇的"大白话"。文学革命把"之乎者也"革掉了,却引来了大量的"的了着哩"。这些新文艺腔的虚字,如果恰如其分,出现在话剧和小说的对话里,当然是生动自如的,但是学者和作家意犹未尽，不但在所有作品里大量使用，甚至在论文里也一再滥施，遂令原应简洁的文章，沦为浪费唇舌的叽里咕噜。朱自清、叶绍钧等纯粹论者还嫌这不够，认为"现在与将来的白话文"应该更求纯粹。他们所谓的纯粹，便是笔下向口头尽量看齐。其实，白话文可以分成两类，一类是拿来朗诵或宣读用的，那当然不妨尽量口语化，另一类是拿来阅读的，那就不必担心是否能够立刻入于耳而会于心。散文创作属于第二类，实在不应受制于纯粹论。

朱自清在白话文上既信奉纯粹论，他的散文便往往流于浅白、累赘，有时还有点欧化倾向，甚至文白夹杂。试看下面的几个例子：

（一）有些新的词汇新的语式得给予时间让它们或教它们上口。这些新的词汇和语式，给予了充足的时间，自然就会上口；可是如果加以诵读教学的帮助，需要的时间会少些。(《诵读教学与"文学的国语"》)

（二）我所以张皇失措而觉着恐怖者，因为那骄傲我的，践踏我的，不是别人，只是一个十来岁的"白种的"孩子！(《白种人——上帝之骄子》)

（三）桥砖是深褐色，表明它的历史的长久。

(《桨声灯影里的秦淮河》)

（四）我的心立刻放下，如释了重负一般。（同前）

（五）大中桥外，本来还有一座复成桥，是船夫口中的我们的游踪尽处。（同前）

（六）弯弯的杨柳的稀疏的倩影。(《荷塘月色》)

这些例句全有毛病。例一的句法欧化而夹缠：两个"它们"，两个"给予时间"，都是可怕的欧化；后面那句"加以某某的帮助"也有点生硬。例二的"所以……而……者"原是文言句法，插入口语的"觉着"，乃沦为文白夹杂，声调也很刺耳。其实"者"字是多余的。例三用抽象名词"长久"做"表明"的受词，乃欧化文法。"他昨天不来，令我不快"是中文；"他昨天的不来，引起了我的不快"便是欧化。例三原可写成"桥砖深褐色，显示悠久的历史"，或者"桥砖深褐，显然历史已久"。例四前后重复，后半硬把四字成语揎薄、拉长，反为不美。例五的后半段，欧化得十分混杂，毛病很大。两个形容片语和句末名词之间，关系交代不清；船还没到的地方，就说是"游踪"，也有语病。如果改为"船夫原说游到那边为止"或者"船夫说，那是我们游河的尽头"，就顺畅易懂了。例六之病一目了然：一路乱"的"下去，谁形容谁，也看不清。一连串三四个形容词,漫无秩序地堆在一个名词上面,句法僵硬,节奏刻板,是早期新文学造句的一大毛病。福楼拜所云"形容词乃名词之死敌",值得一切作家仔细玩味。除了三五位真有自觉的高手之外,绝大部分的作家都不免这种缺陷。朱自清也欠缺这种自觉。

> 于是桨声汩——汩,我们开始领略那晃荡着蔷薇色的历史的秦淮河的滋味了。

这正是《桨声灯影里的秦淮河》首段的末句。仔细分析,才发现朱自清和俞平伯领略的"滋味"是"秦淮河的滋味",而秦淮河正晃荡着一样东西,那便是"历史",什么样的"历史"呢?"蔷薇色的历史"。这真是莫须有的繁琐,自讨苦吃。但是这样的句子,不但繁琐,恐怕还有点暧昧,因为它可能不止一种读法。我们可以读成:我们开始领略那"晃荡着蔷薇色的历史"的"秦淮河"的"滋味"了。也可以读成:我们开始领略那"晃荡着蔷薇色"的"历史的秦淮河"的"滋味"了。总之是繁琐而不曲折,很是困人。

> 我与父亲不相见已二年余了。

《背影》开篇第一句就不稳妥。以父亲为主题,但开篇就先说"我",至少在潜意识上有"夺主"之嫌。"我与父亲不相见"不但"平视"父亲,而且"文"得不必要。"二年余"也太文,太雅。朱自清倡导的纯粹白话,在此至少是一败笔。换了今日的散文家,大概会写成:

不见父亲已经两年多了。

不但洗净了文白夹杂,而且化解了西洋语法所赖的主词"我",句子更像中文,语气也不那么僭越了。典型的中文句子,主词如果是"我",往往省去了,反而显得浑无形迹,灵活而干净。

床前明月光,
疑是地上霜。
举头望明月,
低头思故乡。

用新文学欧化句法来写,大概会变成:

床前明月的光啊,
我疑是地上的霜呢!

> 我举头望着那明月,
> 我低头想着故乡哩!

这样子的欧化在朱文中常可见到。请看"桨"文的最后几句:

> 黑暗重复落在我们面前,我们看见傍岸的空船上一星两星的,枯燥无力又摇摇不定的灯光。我们的梦醒了,我们知道就要上岸了;我们心里充满了幻灭的情思。

短短两句话里,竟连用了五个"我们",多用代名词,正是欧化的现象。读者如有兴趣,不妨去数一数"桨"文里究竟有多少"我们"和"它们"。前引这两句话里,第二句实在平凡无力:用这么抽象的自白句结束一篇抒情散文,可谓余韵尽失,拙于收笔。第一句中,"我们看见傍岸的空船上一星两星的,枯燥无力又摇摇不定的灯光",是一个"前饰句":动词"看见"和受词"灯光"之间,夹了"傍岸的空船上(的)""一星两星的""枯燥无力(的)""摇摇不定的"四个形容词;因为所有的形容词都放在名词前面,我称之为"前饰句"。早期的新文学作家里,至少有一半陷在冗长繁琐的"前饰句"中,不能自拔。朱自清的情形还不严重。如果上述之句改成"我们看见傍岸的空船上一星两星的灯光,枯燥无力,摇摇不定",则"前饰的"(pre-descriptive)形容词里至少有两个因换位而变质,成了"后饰的"(post-descriptive)形容词了。中文句法负担不起太多的前饰形容词,古文里多是后饰句,绝少前饰句。《史记》的句子:

  广为人长,猿臂,其善射亦天性也。

到了新文学早期作家笔下,很可能变成一个冗长的前饰句:

  李广是一个高个子的臂长如猿的天生善于射箭的英雄。

  典型的中文句法,原很松动、自由、富于弹性,一旦欧化成为前饰句,就变得僵硬、死板、公式化了。散文如此,诗更严重。在新诗人中,论中文的蹩脚,句法的累赘,很少人比得上艾青。他的诗句几乎全是前饰句;类似下面的句子,在他的诗里俯拾皆是:

  我呆呆地看檐头的写着我不认得的"天伦叙乐"的匾,
  我摸着新换上的衣服的丝和贝壳的钮扣,

我看着母亲怀里的不熟识的妹妹，

我坐着油漆过的安了火钵的炕凳，

我吃着碾了三番的白米的饭，①

……

朱自清在《诵读教学》一文里说："欧化是中国现代文化的一般动向，写作的欧化是跟一般文化配合着的。欧化自然难免有时候过分，但是这八九年来在写作方面的欧化似乎已经能够适可而止了。"他对于中文的欧化，似乎乐观而姑息。以他在文坛的地位而有这种论调，是不幸的。在另一篇文章里②，他似乎还支持鲁迅的欧化主张，说鲁迅"赞成语言的欧化而反对刘半农先生'归真反朴'的主张。他说欧化文法侵入中国白话的大原因不是好奇，乃是必要。要话说得精密，固有的白话不够用，就只得采取些外国的句法。这些句法比较的难懂，不像茶泡饭似的可以一口吞下去，但补偿这缺点的是精密。"鲁迅的论点可以说以偏概全，似是而非。欧化得来的那一点"精密"的幻觉，能否补偿随之而来的累赘与繁琐，大有问题；而所谓"精密"是否真是精密，也尚待讨论。就算欧化果能带来精密，这种精

---

① 摘自艾青的长诗《大堰河——我的保姆》。
② 另一篇文章：指《鲁迅先生的中国语文观》。

密究竟应该限于论述文,或是也宜于抒情文,仍须慎加考虑。同时,所谓欧化也有善性恶性之分。"善性欧化"在高手笔下,或许能增加中文的弹性,但是"恶性欧化"是必然会损害中文的。"善性欧化"是欧而化之,"恶性欧化"是欧而不化,这一层利害关系,早期新文学作家,包括朱自清,都很少仔细分辨。到了艾青,"恶性欧化"之病已经很深。

"秦淮河里的船,比北京万生园、颐和园的船好,比西湖的船好,比扬州瘦西湖的船也好。"这种流水账的句法,是浅白散漫,不是什么腴厚不腴厚。船在"河里",也有语病,平常是说"河上"的。就凭了这样的句子,《桨声灯影里的秦淮河》能称为"白话美术文的模范"吗?就凭了这样的一二十篇散文,朱自清能称为散文大家吗?我的评断是否定的。只能说,朱自清是二十年代一位优秀的散文家:他的风格温厚、诚恳、沉静,这一点看来容易,许多作家却难以达到。他的观察颇为精细,宜于静态的描述,可是想象不够充沛,所以写景之文近于工笔,欠缺开阖吞吐之势。他的节奏慢,调门平,情绪稳,境界是和风细雨,不是苏海韩潮。他的章法有条不紊,堪称扎实,可是大致平起平落,顺序发展,很少采用逆序和旁敲侧击柳暗花明的手法。他的句法变化少,有时嫌太俚俗繁琐,且带点欧化。他的譬喻过分明显,形象的取材过分狭隘,至于感性,则仍停留在农业时代,太软太旧。他的创作岁月,无论写诗或是散文,都很短暂，产量不丰，变化不多。

　　用古文大家的水准和分量来衡量，朱自清还够不上大师。置于近三十年来新一代散文家之列，他的背影也已经不高大了，在散文艺术的各方面，都有新秀跨越了前贤。朱自清仍是一位重要的作家。可是作家的重要性原有"历史的"和"艺术的"两种。例如胡适之于新文学，重要性大半是历史的开创，不是艺术的成就。朱自清的艺术成就当然高些，但事过境迁，他的历史意义已经重于艺术价值了。他的神龛，无论多高多低，都应该设在二三十年代，且留在那里。今日的文坛上，仍有不少新文学的老信徒，数十年如一日那样在追着他的背影，那真是认庙不认神了。一般人对文学的兴趣，原来也只是逛逛庙，至于神灵不灵，就不想追究了。

一九七七年六月二十四日

猛虎和蔷薇

英国当代诗人西格夫里·萨松（Siegfried Sassoon）曾写过一行不朽的警句：In me the tiger sniffs the rose. 译成中文，便是："我心里有猛虎在细嗅蔷薇。"

如果一行诗句可以代表一种诗派（有一本英国文学史曾举柯尔律治《忽必烈汗》中的三行诗句："好一处蛮荒的所在！如此的圣洁、鬼怪，像在那残月之下，有一个女人在哭她幽冥的欢爱！"为浪漫诗派的代表），我就愿举这行诗为象征诗派艺术的代表。每次念及，我不禁想起法国现代画家亨利·卢梭（Henri Rousseau）的杰作"沉睡的吉普赛人"。假使卢梭当日所画的不是雄狮逼视着梦中的浪子，而是猛虎在细嗅含苞的蔷薇，我相信，这幅画同样会成为杰作。惜乎卢梭逝世，而萨松尚未成名。

我说这行诗是象征诗派的代表，因为它具体而又微妙地表现出许多哲学家所无法说清的话；它表现出人性里两种相对的本质，但同时更表现出那两种相对的本质的调和。假使他把原诗写成了"我心里有猛虎雄踞在花旁"，那就会显得呆笨、死板，徒然加强了人性的内在矛盾。只有原诗才算恰到好处，因为猛虎象征人性的一方面，蔷薇象征人性的另一面，而"细嗅"刚刚象征着两者的关系，两者的调和与统一。

原来人性含有两面：其一是男性的，其一是女性的。其一如苍鹰，如飞瀑，如怒马；其一如夜莺，如静池，如驯羊。所谓雄伟和秀美，所谓外向和内向，所谓戏剧型的和图画型的，所谓戴奥尼苏斯艺术和阿波罗艺术，所谓"金刚怒目，菩萨低眉"，所谓"静若处子，动若脱兔"，所谓"骏马秋风冀北，杏花春雨江南"，所谓"杨柳岸，晓风残月"和"大江东去"，一句话，《姚姬传》所谓的阳刚和阴柔，都无非是这两种气质的注脚。两者粗看若相反，实则乃相成。实际上每个人多多少少都兼有这两种气质，只是比例不同而已。

东坡有幕士，尝谓柳永词只合十七八女郎，执红牙板，歌"杨柳岸，晓风残月"；东坡词须关西大汉，铜琵琶，铁绰板，唱"大江东去"。东坡为之"绝倒"。他显然因此种阳刚和阴柔之分而感到自豪。其实东坡之词何尝都是"大江东去"？"笑渐不闻声渐消，多情却被无情恼""绣帘开，一点明月窥人"，这些词句，恐怕也只合十七八女郎曼声低唱吧？而柳永的词句:"长安古道马迟迟,高柳乱蝉嘶"以及"渡万壑千岩,越溪深处。怒涛渐息,樵风乍起;更闻商旅相呼,片帆高举"又是何等境界!就是"晓风残月"的上半阕那一句"暮霭沉沉楚天阔",谁能说它竟是阴柔?他如王维以清淡胜,却写过"一身转战三千里,一剑曾当百万师"的诗句;辛弃疾以沉雄胜,却写过"罗帐灯昏,哽咽梦中语"的词句。再如浪漫诗人济慈和雪莱,无疑地都是阴柔的了。可是清唳的夜莺也曾唱过:"或是像精壮的科德慈,怒着鹰眼,凝视在太平洋上。"就是在那阴柔到了极点的《夜莺曲》里,也还有这样的句子:"同样的歌声时常——迷住了神怪的长窗——那荒僻妖土的长窗——俯临在惊险的海上。"至于那只云雀,他那《西风颂》里所蕴藏的力量,简直是排山倒海,雷霆万钧!还有那一首十四行诗《阿西曼地亚斯》(*Ozymandias*),除了表现艺术不朽的思想不说,只其气象之伟大,魄力之雄浑,已可匹敌太白的"西风残照,汉家陵阙"。

也就是因为人性里面,多多少少地含有这相对的两种气质,许多人才能够欣赏和自己气质不尽相同,甚至大不相同的人。例如在英国,华兹华斯欣赏密尔顿[1];拜伦欣赏蒲柏;夏绿

---

[1] 密尔顿:即弥尔顿。

蒂·勃朗特①欣赏萨克雷②；司各特③欣赏简·奥斯丁④；斯温伯恩⑤欣赏兰多⑥；兰多欣赏布朗宁⑦。在我国，辛弃疾欣赏李清照也是一个最好的例子。

但是平时为什么我们提起一个人，就觉得他是阳刚，而提起另一个人，又觉得他是阴柔呢？这是因为各人心里的猛虎和蔷薇所成的形势不同。有人的心原是虎穴，穴口的几朵蔷薇免不了猛虎的践踏；有人的心原是花园，园中的猛虎不免给那一片香潮醉倒。所以前者气质近于阳刚，而后者气质近于阴柔。然而踏碎了的蔷薇犹能盛开，醉倒了的猛虎有时醒来。所以霸王有时悲歌，弱女有时杀贼；梅村、子山晚作悲凉，萨松在第一次大战后出版了低调的《心旅》(*The Heart's Journey*)。

"我心里有猛虎在细嗅蔷薇。"人生原是战场，有猛虎才能在逆流里立定脚跟，在逆风里把握方向，做暴风雨中的海燕，做不改颜色的孤星；有猛虎才能创作慷慨悲歌的英雄事业。涵

---

① 夏绿蒂·勃朗特：英国女作家。她与两个妹妹，即艾米莉·勃朗特和安妮·勃朗特，在英国文学史上有"勃朗特三姐妹"之称。
② 萨克雷：英国作家，与狄更斯齐名，为维多利亚时代的代表小说家。其代表作品是世界名著《名利场》。
③ 司各特：英国著名的历史小说家和诗人。
④ 简·奥斯丁：英国女小说家，主要作品有《傲慢与偏见》《理智与情感》等。
⑤ 斯温伯恩：英国维多利亚时代最后一位重要的诗人。
⑥ 兰多：即沃尔特·萨维奇·兰多，英国诗人和散文家。
⑦ 布朗宁：即罗伯特·勃朗宁，英国诗人和剧作家，主要作品有《戏剧抒情诗》。

蕴耿介拔俗的志士胸怀，才能做到孟郊所谓的"镜破不改光，兰死不改香！"同时人生又是幽谷，有蔷薇才能烛隐显幽，体贴入微；有蔷薇才能看到苍蝇搓脚，蜘蛛吐丝，才能听到暮色潜动，春草萌芽，才能做到"一沙一世界，一花一天国"。在人性的国度里，一只真正的猛虎应该能充分地欣赏蔷薇，而一朵真正的蔷薇也应该能充分地尊敬猛虎。微蔷薇，猛虎变成了菲力斯旦（Philistine，即庸俗之人）；微猛虎，蔷薇变成了懦夫。韩黎诗："受尽了命运那巨棒的痛打，我的头在流血，但不曾垂下！"华兹华斯诗："最微小的花朵对于我，能激起非泪水所能表现的深思。"完整的人生应该兼有这两种至高的境界。一个人到了这种境界，他能动也能静，能屈也能伸，能微笑也能痛哭，能像二十世纪人一样的复杂，也能像亚当夏娃一样的纯真，一句话，他心里已有猛虎在细嗅蔷薇。

一九五二年十月二十四夜

樵夫的烂柯[①]

一月初去新加坡参加"国际华文文艺营",见到萧乾[②]先生。他感叹说,新加坡变得简直认不出来了,四十年前他路过的新加坡,哪有今天这么繁荣。

……

山中一日,世上千年。从大陆出来海外的人,个个都有此感。不免令人想起中国的传说:樵夫入山,见人据石对弈,从而观之,棋局未终,视手中斧,其柯已烂。……要换一柄新斧,虽然不必千年,却也不止一日。所以西谚说:"时间即金钱。"

仔细想来,这说法大有问题。因为钱可以省下来,存起来,留待他日之用,还可以生利息。时间,却不能如此。我们不能

[①] 本文略有删节。
[②] 萧乾:中国当代记者、文学家、翻译家。

/ 一眨眼，算不算少年　一辈子，算不算永远 /

把闲暇存在盒子里，到忙的时候才拿出来使用。学生不能说："今天是星期天，反正我闲着，不如什么事也不做，把今日存起来，等到联考那一天再用；这样，我就比别人从容得多了。"田径选手也不能说："让我现在存十秒钟下来，加到我出赛的那一天；这样，在最紧要的那一分钟，我就有七十秒可用。"钱，可以存在银行里。时间，这种新鲜而又名贵的水果，却无冰箱可藏，及时而不吃，它就烂了。

神话里的力士鲁阳和韩搆交战，胜负未分而日将西沉。鲁阳举戈向天一挥，落日为之倒退，让双方继续交手。这是对时间威胁。李白则说："吾欲揽六龙，回车挂扶桑。北斗酌美酒，劝龙各一觞。"这是对时间贿赂。其实，时间这家伙顽固得不近人情，威迫和利诱都动不了的。

时间跟金钱还有一点不同：时间之来有一定的顺序，钱则不必。过去的时间有如冥钞，未来的时间有如定期支票，你只能使用手头的时间，因为只有"现在"才是现款。钱不但可以存，也可以借。时间则不可。你不能向自己的未来借时间，使忙碌的今天变成四十八小时，然后到明年少过一天；也不能对好朋友说："老兄反正没事，不如暂时退出时间，借我一个钟头，让我好赶飞机。下礼拜我闲了再还你。要利息？可以，我还你七十分钟好了。"

如果我们用时间可以不按次序，就太好了。我们不妨先过中年，再过少年，那样一来，许多愚蠢的事情就可以躲过了；也许就不必离婚，或者对父母会孝顺一点。如果能先过老年再过中年，也许会吃得少些，运动得多些，对职业的选择也聪明一些。看到许多豪杰之士晚境苍凉，我常想，人生为什么不倒过来呢？为什么没有一个国度，让我们出世的时候做老人，然后一生逐渐返老还童，到小得不能再小的时候，就一一白日升天而去，或者在摇篮里一一失踪。这样，悲观哲学将不流行。你会在糖果店里看见一群彼此有五十年交情的小朋友，取笑从前你戴氧气罩、我滴盐水针的情景。也许小朋友心机单纯，记不得那么久的往事，那也可以在似曾相识、人我两忘的浑沌之中牵着手唱歌，唱五十年前的旧歌。

这一切当然都只是幻想。还是中国人说得好："寸金难买寸光阴。"能买的最多是一只瑞士名表。

一九八五年三月三日

在我，不但是逆着时光隧道探入少年复童年，更是回到了此生的起点。

图书在版编目（CIP）数据

一眨眼，算不算少年　一辈子，算不算永远 / 余光中著. -- 南昌：百花洲文艺出版社，2021.2（2024.4重印）
ISBN 978-7-5500-4054-0

Ⅰ.①—… Ⅱ.①余… Ⅲ.①散文集 – 中国 – 当代 Ⅳ.①I267

中国版本图书馆 CIP 数据核字 (2021) 第 003658 号
江西省版权局著作权登记号：14-2020-0325

本著作物经北京时代墨客文化传媒有限公司代理，
由九歌出版社有限公司授权，在中国大陆出版、发行中文简体字版本。

一眨眼，算不算少年　一辈子，算不算永远
YIZHAYAN SUANBUSUAN SHAONIAN　YIBEIZI SUANBUSUAN YONGYUAN

余光中 著

出 版 人	陈 波
责任编辑	许 复　陈昕煜
监　　制	黄 利　万 夏
特约编辑	曹莉丽
营销支持	曹莉丽
装帧设计	紫图装帧
出版发行	百花洲文艺出版社
社　　址	南昌市红谷滩世贸路 898 号博能中心 1 期 A 座 20 楼
邮　　编	330038
经　　销	全国新华书店
印　　刷	艺堂印刷（天津）有限公司
开　　本	880mm×1230mm　1/32
印　　张	8.25
版　　次	2021 年 4 月第 1 版
印　　次	2024 年 4 月第 4 次印刷
字　　数	150 千字
书　　号	ISBN 978-7-5500-4054-0
定　　价	55.00 元

赣版权登字 05-2021-4
版权所有，盗版必究

网　址 http://www.bhzwy.com
图书若有印装错误，影响阅读，可向承印厂联系调换。